Charmed

LE SORTILÈGE ÉCARLATE

Traduit de l'américain
par Gilles Vaugeois
et adapté pour l'édition jeunesse
par Josiane Attucci

Charmed

Le sortilège écarlate

Un roman original de F. Goldsborough,
d'après la série télévisée « Charmed »
créée par Constance M. Burge

Édition Jeunesse

POCKET
jeunesse

Titre original :
The Crimson Spell

Série proposée par Patrice DUVIC

Loi n° 49-956 du 16 juillet 1949 sur les publications destinées à la jeunesse : mars 2002.

ISBN 2-266-11686-X

PROLOGUE

La demeure de Colwood Street avait longtemps été l'une des plus chics de San Francisco. Elle conservait ses hauts plafonds et ses sols en marbre, mais ses immenses fenêtres étaient quasi détruites, et elle avait été vidée de ses superbes meubles anciens. Désormais, une couche de poussière recouvrait l'intérieur de la maison abandonnée. Cependant, ce soir-là, des ombres inquiétantes se dessinaient sur les murs craquelés.

Le Maître se tenait devant un autel drapé de velours sombre. Comme toutes les personnes présentes dans la salle, il était vêtu d'une robe noire de cérémonie à capuchon. À sa ceinture pendait une dague à double lame. La pièce était illuminée par des dizaines de bougies scintillantes, dont la lueur se reflétait dans ses yeux verts.

— Quelqu'un parmi nous prétend faire partie de notre famille, dit-il d'une voix forte. Malheureusement, j'ai découvert qu'il s'agissait d'une sorcière, une de celles qui cherchent à nous détruire !

Un murmure traversa l'assemblée.

— Ce soir, sa duplicité prendra fin, proclama-t-il. Après quoi nous accueillerons un nouveau membre dans notre communauté. Il est temps de nous recueillir !

Le Maître fit brûler une poignée d'herbes rituelles dans l'urne posée sur l'autel et entonna des incantations en latin. Puis il ajouta à sa préparation une ampoule de sang, les pattes d'une tarentule, ainsi qu'une poudre orange qui dégageait une odeur exécrable. Ses disciples répétaient ses paroles sur un rythme qui s'amplifiait.

De la pointe de sa dague, il dessina un signe complexe au-dessus de sa tête. La lame se mit alors à briller. De son extrémité jaillirent des éclairs verts qui convergèrent sur le cristal suspendu au milieu de la pièce, qui s'illumina brièvement, puis diffusa une lumière blafarde.

Le Maître reprit alors la parole :

— Nous sommes prêts. Amenez la sorcière.

Deux des démons sortirent de la pièce. Ils revinrent peu de temps après, traînant une jeune femme ligotée et bâillonnée. Ils l'obligèrent à se mettre à genoux devant le Maître. D'un signe, il ordonna qu'on enlève à la captive le morceau d'étoffe qui couvrait sa bouche.

— Sorcière, ceci est ta dernière chance. Es-tu prête à servir les Forces des Ténèbres et à te soumettre à toutes nos règles ?

La prisonnière se débattait pour se débarrasser de ses liens.

— Jamais ! lança-t-elle avec mépris.

— Tu vas regretter ton refus ! Mettez-la sous le cristal !

— Noon ! Je vous en supplie !...

Tandis que la jeune femme était soulevée et déposée juste au-dessous du cristal, le Maître entamait une autre incantation, reprise en chœur par l'assemblée. Progressivement, le rythme s'accéléra et le cristal se mit à briller de mille feux.

— Noon ! se débattait la sorcière, le corps secoué de tremblements, soumise à l'éclat insoutenable du cristal incandescent.

Elle poussa un cri déchirant tandis que son corps fondait comme de la cire jetée dans les flammes.

La forme qu'elle était devenue s'affaissa sur le sol, jusqu'à ce qu'il ne reste plus d'elle qu'une misérable trace sur le parquet.

— Aussi longtemps que nous le voudrons, cela se passera ainsi, déclara le Maître. Le cristal a réussi à capter le pouvoir de cette sorcière, et il vient de nous le transmettre.

Ses yeux verts parcoururent l'auditoire et vinrent se poser sur une adepte.

— Adrienne, va chercher le nouvel initié, ordonna-t-il.

Une jeune femme aux longs cheveux blonds s'exécuta et reparut au bout de quelques minutes en compagnie d'un superbe jeune homme, le torse nu.

— Kenji Yamada, commença le Maître, en lui faisant signe de se prosterner devant lui. Es-tu prêt à devenir l'un de nos membres — un sorcier de la Communauté du Nouveau Soleil ?

— Oui, je suis prêt, répondit le jeune homme.

Le Maître plongea son index dans de la cendre et dessina un pentacle inversé sur la poitrine du jeune homme.

— Tends la main, commanda-t-il.

Le nouveau venu obéit. Adrienne, debout à ses côtés, brandit une dague et d'un coup sec taillada la paume du jeune homme.

Kenji poussa un cri de douleur, puis serra son poing au-dessus d'un calice en or qu'un autre adepte tenait afin de récupérer le précieux liquide.

— Tu fais maintenant partie des nôtres ! clama le Maître. Qu'il s'agisse de la pleine lune, de l'eau, de la terre et du ciel, du vent et du feu. Ton sang est à partir d'aujourd'hui mélangé au nôtre.

Le jeune homme ne broncha pas. Il se contenta de répéter les mots.

— Qu'il s'agisse de la pleine lune, de l'eau, de la terre et du ciel, du vent et du feu.

— Fais vœu d'obéissance, poursuivit le Maître. Jure d'accomplir tout ce que nous te demanderons, sans jamais hésiter et poser de questions.

— Je jure d'obéir à toutes les volontés de l'assemblée sans jamais hésiter et poser de questions, assura Kenji.

— Comprends-tu vraiment à quoi tu t'engages en prononçant ce vœu ? Si jamais tu brises ton serment, tu le paieras de ta vie.

Après une fraction de seconde d'incertitude, le jeune homme répondit :

— J'accepte.

— Relève-toi, ordonna le Maître en enveloppant le jeune homme d'une soutane noire, et va prendre place au milieu des autres.

Le jeune homme obéit et le Maître continua :

— À présent, il faut que je vous fasse part d'une menace très importante qui pèse sur notre communauté.

Il marqua une pause.

— J'ai appris l'existence de trois sorcières aux pouvoirs très puissants dont elles viennent de prendre connaissance récemment. Chacune d'elle en possède un. Combinés, ils génèrent une énergie à laquelle nous n'avons jamais été confrontés. Leur mission étant de ne faire que le bien, il est probable que, si elles nous repèrent, elles essaient de nous détruire.

Il se retourna alors vers le cristal et éleva les mains.

— Cependant, nous n'avons pas le choix : nous devons les trouver, afin de prendre possession de leurs pouvoirs.

Un jeune homme, debout au fond de la salle, prit alors la parole :

— Mais, si elles sont si fortes, comment allons-nous les combattre ?

Le Maître lui fit face.

— Nous devrons prendre contact avec elles pour découvrir la nature de leurs pouvoirs et nous en servir contre elles. Il faut que vous agissiez comme des petites araignées qui tissent leur toile afin de les attraper. Certains d'entre vous les ont déjà approchées.

Il fixa Kenji avec insistance.

— Tu vas nous aider. Cela fera partie de ton initiation. Tu comprends bien ce que je te dis ?

— Je comprends, acquiesça Kenji.

Le Maître sourit.

— Parfait. Commençons dès ce soir.

CHAPITRE PREMIER

Piper Halliwell regardait autour d'elle avec consternation. Vu la pagaille qui régnait, elle n'aurait certainement pas terminé avant l'aube. Il était une heure du matin, et elle venait juste de fermer son club, le *P3*. Les tables étaient recouvertes d'assiettes sales, le bar débordait de verres et de bouteilles de bière vides. Seule la scène était intacte, comme si le groupe brésilien qui l'avait envahie quelques heures auparavant n'était jamais venu.

Découvrir et écouter de nouveaux groupes funk représentait un réel plaisir, mais faire le ménage était beaucoup moins réjouissant.

Elle prit une profonde inspiration et se mit à la recherche d'un plateau. Plus tôt elle aurait fini, plus tôt elle irait se coucher. Au moment où elle allait se mettre à l'ouvrage, on frappa à la porte.

Elle était déjà mal à l'aise à l'idée d'assurer seule la fermeture. Mais en plus la rue était déserte à cette heure-là. Bizarre pour un mardi soir. *Non, on est déjà mercredi matin !* se corrigea Piper en jetant un coup d'œil à sa montre tandis qu'elle se dirigeait vers l'entrée.

Elle fut immédiatement soulagée lorsqu'elle reconnut ses deux sœurs, Prue et Phoebe, toutes souriantes malgré leurs cheveux humides de bruine.

— Qu'est-ce que vous faites là ? Vous devriez être au lit, à votre âge ! les taquina-t-elle.

— En fait, soupira Phoebe, je n'arrivais pas à dormir. Je suis descendue pour regarder la télé, et Prue était déjà devant...

— Moi aussi, j'avais une insomnie, expliqua Prue, en passant la main dans ses cheveux mouillés.

— On a pensé venir te faire un petit coucou, ajouta Phoebe. Euh, en fait, on est venues vérifier ce que devenait l'argent que nous avons investi, ajouta-t-elle en jetant un regard circulaire. Eh ben ! Tel quel, l'endroit paraît un peu minable.

Piper sourit. Elle savait très bien que c'était grâce à ses sœurs qu'elle avait pu trouver cet endroit et ouvrir le *P3*.

— Alors, bienvenue dans mon capharnaüm ! dit-elle en désignant d'un geste le désordre alentour.

— Attends, ce ne sont pas les serveurs qui sont chargés de débarrasser les tables ? demanda Prue.

— D'habitude, oui, mais les soirs de semaine, les effectifs sont réduits, et, pour couronner le tout, Joey, l'aide-serveur, s'est coupé la main avec une bouteille cassée. Du coup, Laura, la serveuse, et Craig, qui tient le bar, l'ont accompagné aux urgences.

— C'est horrible... grimaça Prue.

— Ne t'en fais pas, ce n'est pas grave, la rassura Piper. Le cuisinier a nettoyé la cuisine. Il ne me reste qu'à ranger le lave-vaisselle, mettre les bouteilles vides à la poubelle, et puis donner un coup de torchon sur les tables et le bar.

Prue retira son imperméable.

— Bon, pour résumer, il faut que tu fasses le ménage, dit-elle en soupirant. (Elle jeta un regard noir à Phoebe.) Je devrais pourtant le savoir ! Chaque fois que tu me proposes de faire quelque chose, je finis toujours par regretter d'avoir accepté, ajouta-t-elle en plaisantant.

Phoebe, tout en se débarrassant de son ciré jaune, regarda Prue d'un air innocent.

— Comment pouvais-je savoir que Piper croulait sous la vaisselle sale ?

— Eh ! Réveille-toi ! C'est bien toi qui es censée lire dans l'avenir, lui rétorqua Prue.

— Tu sais bien que je ne peux pas contrôler mes visions, répondit Phoebe.

Piper interrompit la conversation :

— À propos... Avez-vous remarqué que cela fait déjà un moment que nous n'avons pas eu besoin de nous en servir ? Pas de démons, pas de fantômes, aucun mauvais esprit, absolument rien qui sorte de l'ordinaire.

— Ce n'est pas désagréable d'avoir un peu de repos, dit Prue, mais je pense que cela ne durera pas, c'est comme le calme précédant la tempête.

Piper secoua la tête. Que de complications depuis que Phoebe avait découvert dans leur grenier *Le Livre des Ombres*, ce grimoire légué par leurs ancêtres grâce auquel elles avaient pris conscience de leurs pouvoirs !

Au début, cela avait été plutôt agréable. Phoebe pouvait lire dans l'avenir, et, occasionnellement, dans le passé. Prue était capable de déplacer des objets uniquement par la force de la pensée. Quant à Piper, elle figeait le temps. Mais il y avait aussi beaucoup d'inconvénients... comme lutter contre les forces du mal.

— Allez les filles ! Un peu de vacances nous fera du bien. Et puis, j'ai enfin trouvé le temps de m'occuper de moi, annonça Phoebe avec des yeux malicieux.

— Comme trouver un boulot, je suppose ? dit Prue, sceptique.

Piper soupira. Elle espérait que ses sœurs n'allaient pas se chamailler. Prue ne pouvait comprendre que leur benjamine reste inoccupée et elle ne cessait de la harceler pour qu'elle cherche un travail. Cela finissait toujours par des disputes.

Phoebe lança à Prue un regard méchant.

— Non. Pas actuellement. Je prends des cours de karaté. J'ai commencé il y a deux semaines, et je suis déjà ceinture blanche.

— Pourquoi ne nous en as-tu pas parlé ? demanda Prue.

— J'ai eu peur de laisser tomber au bout d'une semaine, admit Phoebe. Mais, maintenant, je suis à fond dedans. Je suis en train d'apprendre les gestes de base : coups de poing, coups de pied, blocages. Regardez ça !

Elle poussa un cri et donna un coup dans le vide pour leur faire une démonstration.

— Voilà les débuts d'une grande carrière, lâcha Prue.

— Prue, ne commence pas ! intervint Piper en emportant une pile d'assiettes vers la cuisine.

— Lorsque nous devons faire face à un démon ou à un sorcier, lança Phoebe, vous pouvez utiliser immédiatement vos pouvoirs. Ce n'est pas mon cas. Moi, je suis sans défense ! conclut-elle en emboîtant le pas à Piper.

— Et toi, où en es-tu ? demanda Piper à Prue en revenant dans la salle. Que fais-tu, à part travailler, et encore travailler chez Buckland ?

Buckland était le commissaire-priseur du centre-ville. Prue y était chargée d'estimer la valeur des objets anciens.

— Eh bien, moi, je ne suis inscrite nulle part, dit Prue en jetant à la poubelle un tas de nappes en papier. Cependant, j'ai fait quelques recherches. (Elle regarda attentivement Piper.) As-tu déjà été chez *Full Moon* ?

— La boutique de Wicca ? s'enquit Piper qui nettoyait le comptoir en bois du bar.

— À Noe Valley ? compléta Phoebe qui ressortait de la cuisine.

Prue confirma d'un signe de tête.

— J'y suis allée il y a deux semaines environ pour acheter une dague ancienne. La propriétaire me l'a cédée à un prix très raisonnable, puis nous avons bavardé un moment.

Piper se souvenait de la femme qui tenait le magasin les rares fois où elle s'y était rendue.

— La propriétaire… c'est bien cette femme qui a une très longue natte blonde, un pentacle en argent autour du cou et un faux air de dame Guenièvre ?

— C'est bien elle. Elle s'appelle Adrienne et possède une connaissance approfondie des herbes et de la sorcellerie. Elle a en stock des produits incroyables comme de la jusquiame, de l'aconit, mais aussi des choses beaucoup moins dangereuses comme des racines contre la fièvre, de la bétoine en branches…

— Des yeux de tritons, des orteils de grenouilles ? la taquina Phoebe.

— Exactement, fit Prue en souriant. Nous avons parlé un bon moment. Elle est formidable. Ça faisait une éternité que je n'avais pas rencontré quelqu'un avec qui je me sente autant en confiance.

— Tu… tu ne lui as rien dit à *notre* sujet ? intervint Phoebe, l'air inquiet.

— Bien sûr que non ! protesta Prue. Adrienne pense que je suis une adepte de Wicca, comme la plupart des gens qui fréquentent sa boutique.

— C'est tout de même étrange qu'autant de monde s'intéresse à cette secte, se contenta d'ajouter Phoebe en essuyant une table.

— Ce culte n'est pas aussi bizarre qu'il en a l'air, commença Piper. Son seul but est de célébrer le pouvoir de la terre et de la nature. Il s'agit de magie blanche. Les adeptes de Wicca ne souhaitent jamais faire de mal à qui que ce soit.

Prue s'assit sur le bord de la scène.

— Tu sais, avant que nous prenions conscience de nos pouvoirs, je pensais que les gens qui croyaient en la sorcellerie étaient… comment dire…

— Bons à enfermer ? suggéra Phoebe.

— Ouais, c'est à peu près ça, approuva Prue. Et puis, lorsque j'ai vraiment été convaincue d'être une sorcière, il a fallu assumer le fait que les autres n'étaient que des charlatans. Mais Adrienne est… différente. Elle a vraiment étudié l'histoire de la magie. Elle est intarissable lorsqu'on l'interroge sur les herbes. Ça me semble être une fille bien, quelqu'un qui a les pieds sur terre.

Phoebe donna un petit coup de coude à Piper.

— Crois-tu que notre sœur — Mlle Je-n'ai-pas-de-temps-à-perdre-avec-des-amis — se soit fait une copine ?

Piper éclata de rire.

— Pas de conclusions trop rapides.

— Ce n'est pas facile de se confier à quelqu'un lorsqu'on est dans une situation comme la nôtre, leur fit remarquer Prue.

Piper hésita avant de se lancer.

— J'ai proposé mes services pour assister des enfants à problèmes.

Les mots se bousculaient dans sa bouche. Elle sortit une enveloppe de sa poche et la tripota nerveusement.

— Je viens de recevoir une lettre du *Sunrise Center*. Ma demande a été acceptée et je vais aider une gamine.

— Une gamine ? répéta Prue, hébétée.

— Et... c'est quoi, le *Sunrise Center* ? ajouta Phoebe.

— C'est un centre pour des adolescents qui ont été mis à la porte de leur famille d'accueil ou des structures traditionnelles chargées de les encadrer.

Prue fronça les sourcils.

— Des structures traditionnelles ? Tu veux dire, des maisons de redressement ?

— La plupart des résidants du *Sunrise Center* sont là parce qu'ils en ont vraiment bavé, répondit Piper. Ce centre est un lieu où ils essaient de retrouver une vie normale.

— D'accord, avança prudemment Phoebe. Mais, c'est quoi, exactement, ton rôle ?

— Je serai une sorte de grande sœur pour l'une des filles qui vivent là-bas. Je la verrai quelques heures par semaine, je l'aiderai à s'organiser, je pourrai également l'emmener au musée... Enfin, tout ce dont elle a besoin pour s'épanouir.

— Piper, intervint Prue. Je ne pense pas que ce soit une bonne idée. Faire partager notre vie quelques heures par semaine à une étrangère n'est pas raisonnable. Tu sais bien qu'une ado perturbée est toujours imprévisible. D'autre part, il est hors de question qu'elle mette les pieds à la maison.

— J'en ai parfaitement conscience, répondit Piper, qui tentait de garder son calme. (Elle connaissait la réaction de Prue avant même qu'elle n'ouvre la bouche.) Mais nous seules pouvons ouvrir *Le Livre des Ombres*. Et puis, de toute manière, je ne l'amènerai pas à la maison. Il y a suffisamment d'endroits dans la ville où nous pourrons nous rencontrer.

Elle cessa d'argumenter en constatant qu'aucune de ses deux sœurs ne paraissait convaincue. Elle décida d'adopter une attitude ferme.

— Cette démarche est personnelle. Vous n'avez rien à voir dans cette histoire.

— Je ne suis pas d'accord ! s'insurgea Phoebe en s'asseyant, elle aussi, sur le bord de la scène. Prue a raison. Ce qui concerne l'une d'entre nous concerne également les autres.

Piper n'en croyait pas ses oreilles. Elle était pourtant certaine que sa petite sœur allait la soutenir.

— Écoutez-moi bien. Ce dont je vous parle, c'est de passer un après-midi ou une soirée par semaine avec une gamine à qui personne n'a jamais offert ça. Cela peut être très important pour elle et j'en ai vraiment envie. Je vais donc le faire.

Puis elle se remit au travail. Pour elle, visiblement, la question était close.

— Deux heures du matin et le ménage n'est toujours pas terminé, dit Phoebe en bâillant.

— Je dois être au boulot à huit heures, ajouta Prue.

Puis elle se leva en jetant un coup d'œil autour d'elle.

— Piper, fais-moi plaisir : ouvre-moi le local à poubelles, d'accord ?

— Pardon… tu ne vas pas… commença Piper, les bras ballants.

Prue haussa les épaules et une expression malicieuse se dessina sur son visage.

— Je sais que nous n'avons pas le droit d'utiliser nos pouvoirs à notre avantage, mais j'essaie de *t'aider*. Je triche juste un tout petit peu.

Pouffant de rire, Piper fila dans la cuisine. Puis, elle revint dans la salle où Prue fixait de ses yeux bleu acier les tables sur lesquelles traînaient encore quelques bouteilles vides. L'instant d'après, elles atterrissaient dans la poubelle que Piper tenait à deux mains.

— Ouah ! Deux points ! lança Phoebe, ébahie. Ça, c'est un tir précis. Tu sais que tu ferais un carton dans l'équipe de basket des Lakers !

Prue se contenta de lui sourire.

— Allez, dit-elle à sa sœur, on s'en va.

Avant de quitter les lieux, Piper se rendit dans la cuisine pour mettre le lave-vaisselle en marche. Au moment où elle allait sortir de la pièce, elle aperçut une ombre bouger derrière la fenêtre.

— Qui est là ? s'exclama-t-elle.

Sa nuque fut parcourue de picotements. À cet instant, Phoebe la rejoignit, alertée par son cri.

— Où ça ? demanda-t-elle.

Piper tendit le bras.

— Là. J'ai vu quelqu'un qui était en train de nous observer.

CHAPITRE 2

— Je ne vois personne, affirma Phoebe.

— Moi non plus, mais regarde les buissons, dit Piper en baissant la voix. Les branches sont cassées sur toute une rangée. Comme si quelqu'un s'y était frayé un chemin.

Prue vint retrouver ses sœurs près de la fenêtre. Elle ne put s'empêcher de soupirer :

— De toute façon, le *quelqu'un* est maintenant parti depuis longtemps. Allez, on rentre à la maison, il faut aller dormir un peu.

— C'est peut-être un chien... ajouta Phoebe.

Ou un démon, pensa Piper.

Elle prit les clés dans son sac pour fermer le club.

— Les filles, je crois que notre agréable période de tranquillité vient tout simplement de s'achever.

Un peu plus tard dans la matinée, Phoebe, qui avait eu des problèmes avec sa voiture, se fit déposer à son cours par Piper.

— C'est là ! Tu vois cette petite boutique avec des caractères japonais ? C'est mon dojo.

Le simple fait de regarder la devanture donna à Phoebe le sentiment d'être pleine d'énergie. Elle était tellement heureuse de s'occuper d'elle : ça la rendait forte, positive.

— Je suis juste en train de me remettre du ménage de cette nuit, dit Piper en réprimant un bâillement. Où trouves-tu le courage d'aller suivre un cours de karaté alors que nous avons à peine dormi ?

Phoebe prit son sac de sport posé sur le siège arrière.

— Prue est bien partie chez Buckland à la première heure, répondit-elle. Et elle s'est levée bien avant moi.

— Prue est un automate, ronchonna Piper.

Elle adressa à sa sœur un large sourire.

— Mais ne lui répète surtout pas que je t'ai dit ça.

— C'est juré !

Piper fit un signe de la tête en direction d'un grand costaud qui entrait dans le dojo.

— Je n'arrive pas à croire que tu puisses battre un type de ce gabarit.

— Pas pour l'instant, mais j'y travaille, dit Phoebe avec malice.

Elle descendit de la voiture, fit un signe de la main à sa sœur qui redémarrait, et se dirigea vers le dojo. Elle salua en entrant, et signa la feuille de présence posée sur le bureau de l'accueil.

Deux élèves plus anciens portant des ceintures marron s'entraînaient. Phoebe réprima un sentiment d'agacement en les regardant. Elle espérait pouvoir s'entraîner très vite avec des partenaires plus forts.

Elle se dirigea vers le vestiaire pour enfiler sa tenue, son *gi*, constituée d'un pantalon en épais coton blanc et d'une veste ressemblant à un kimono. Puis, elle prit sa ceinture blanche et la noua autour de sa taille. À côté d'elle, une femme d'un certain âge — elle devait avoir environ soixante-dix ans — arborait une ceinture verte. Phoebe en fut dépitée, tout en étant certaine que, un jour très proche, elle aussi atteindrait un niveau supérieur.

Une fois prête, elle monta sur le tatami et salua, avant de commencer ses étirements.

Elle se tenait en équilibre sur une jambe pour faire travailler ses mollets lorsqu'elle remarqua une ombre sur le tapis. Quelqu'un se tenait derrière elle. Elle se retourna et demeura bouche bée d'admiration. Waouh ! Quel choc ! Un jeune homme — il ne devait pas avoir beaucoup plus de vingt ans — était debout, les bras tendus en direction du plafond. Il avait les pommettes hautes et le teint hâlé. Ses cheveux bruns étaient réunis en une queue-de-cheval. Totalement concentré, un éclat extraordinaire illuminait ses yeux sombres. Sa tenue n'étant pas très bien ajustée, Phoebe put voir qu'il était mince et musclé. Et que lui aussi portait une ceinture blanche.

Il regarda Phoebe, lui sourit et la salua timidement. Elle lui rendit son bonjour, puis se mordit la lèvre. Elle se sentait un peu gauche : ça devait bien être la première fois qu'elle abordait ainsi un garçon qui lui plaisait !

Sensei Towers, un jeune Jamaïcain portant une ceinture noire troisième dan, prit place sur le tapis. Phoebe s'aligna aussitôt avec les autres élèves, et tous saluèrent le maître : le cours pouvait commencer.

Phoebe se rappela la première chose que Sensei leur avait enseignée : s'agenouiller et méditer. Ça, elle se sentait capable de le maîtriser. Mais les coups d'œil discrets que lui lançait le nouvel élève la rendaient distraite.

Il avait l'air d'être un gymnaste accompli. Elle le regarda exécuter une figure d'une souplesse incroyable. Il n'aurait certainement aucun problème pour progresser. Pas besoin de se servir de son don de vision pour en être sûre.

Sensei donna à chacun d'entre eux des indications différentes suivant la couleur de leurs ceintures. Les débutants devaient faire un exercice consistant en trois attaques et trois blocages. Ils s'exécutèrent avec un ensemble parfait.

Attaquer, bloquer, attaquer, bloquer, attaquer, bloquer. Phoebe ne s'en sortait pas trop mal. Et — cerise sur le gâteau — elle ne s'était pas du tout montrée mauvaise face au beau gosse.

Il se déplaçait avec une précision qui n'était pas celle d'un novice. Il était même capable de bloquer, d'un simple geste, des coups donnés de face, ce qu'aucune ceinture blanche ne savait encore maîtriser.

— Phoebe, bloque du gauche ! ordonna le maître. Bloque du gauche !

Phoebe se sentit rougir tandis qu'elle changeait de position, tout en se frayant un passage au milieu des autres élèves.

— Bloque en haut du gauche, envoie un coup du droit au niveau de la poitrine, bloque en bas du gauche, murmura-t-elle, en essayant de bien enchaîner la séquence.

Puis, son regard croisa une fois de plus celui du nouvel élève. Il réussissait parfaitement cet enchaînement.

Sensei Towers avança vers elle en la regardant droit dans les yeux.

— Phoebe ? Quel est ton problème ?

La jeune femme trouva immédiatement une excuse :

— C'est le blocage du bas. Je crois que je n'arrive pas suffisamment à baisser mon bras gauche.

— Non, ça va.

— Mais, quand la main gauche s'approche de l'oreille droite, là, je m'y perds, expliqua Phoebe.

Sensei eut un léger sourire.

— Kenji, s'il te plaît, approche-toi.

Le nouveau venu vint se placer à côté d'elle.

— Kenji, s'il te plaît, explique l'enchaînement à Mlle Halliwell.

— Avec plaisir. Suis-moi, dit Kenji.

Jusqu'au bout du monde, pensa Phoebe. Elle sourit de sa bêtise, puis se concentra sur l'exercice à effectuer. Kenji reprit lentement le mouvement en le décomposant pour que Phoebe l'assimile bien. Ça y était, elle avait compris. Le jeune homme la complimenta en lui adressant un large sourire.

Phoebe remarqua qu'il avait une voix séduisante, grave et douce à la fois.

Sensei Towers leur donna de nouvelles recommandations.

— Travaillez à présent l'autodéfense. Combinaison numéro un, toujours tous les deux.

Cet exercice consistait à contrer une attaque venant de l'arrière et à la bloquer avec les bras.

— Prête ? demanda Kenji.

— Prête.

Phoebe se sentait comme une gamine. Kenji était le garçon idéal dans les bras duquel elle avait envie d'être.

Kenji se mit derrière elle et l'enlaça. Elle se laissa aller contre lui et sentit comme un courant électrique passer entre eux.

— Allez-y, ordonna Sensei.

Boum ! Phoebe se retrouva au sol. Qu'est-ce qui s'était passé exactement ?

Kenji la regarda de ses yeux de braise, puis il lui demanda si tout allait bien.

Phoebe se releva, se frotta la hanche, et hocha la tête tout en rajustant son kimono. *Oh là là ! L'amour peut parfois faire mal*, se dit-elle avec un air contrit.

— Tu dois d'abord me bloquer les bras et me mettre à terre, lui expliqua Kenji. Allez, on recommence.

Phoebe accepta avec plaisir, trop heureuse de l'avoir une nouvelle fois si près d'elle.

— Maintenant, il faut que tu me donnes un coup avec ton talon, ensuite, à l'aide de tes mains, tu m'obliges à écarter les bras. Enfin, tu recules d'un pas, tu pivotes, tu balayes ma cheville et...

Phoebe le regardait, fascinée par la fluidité de ses gestes. Il se laissa tomber avec grâce sur le sol.

— Et là, tu me frappes à la gorge.

— Je pense que je ne vais pas aller jusque-là, cette fois-ci, répondit Phoebe sur le ton de la plaisanterie.

Elle lui tendit les mains pour l'aider à se relever.

— Il y a un truc que je ne pige pas. C'est quoi, ton secret ? Comment un débutant peut-il être aussi précis ?

— Je te le dirai à la fin du cours, lui promit Kenji en lui lançant un clin d'œil.

Le sang de Phoebe ne fit qu'un tour. Après le cours ? Mais c'était une proposition des plus intéressantes !

La fin de la séance était réservée au *kata* — une série de mouvements destinés à combattre un adversaire imaginaire. Après quelques exercices, Phoebe s'assit dans un coin pour admirer ceux qui avaient un niveau supérieur au sien. Lorsque ce fut le tour des ceintures marron, Sensei fit signe à Kenji de se joindre au groupe.

Phoebe ouvrit des yeux comme des soucoupes lorsqu'elle le vit monter sur le tatami pour exécuter avec une souplesse parfaite les enchaînements de coups de pied, de sauts et de touches. Elle croyait assister à une démonstration de Jackie Chan ! Mais d'où ce type sortait-il ?

À la fin de l'entraînement, Phoebe nettoya le dojo avec les autres élèves puis fila se rhabiller. Elle s'examina dans la glace du vestiaire : son gilet vert olive, son pull-over assorti et son pantalon noir n'étaient pas très sexy, certes, mais le nouveau l'avait déjà vue vêtue d'un *gi* peu flatteur. Il y avait donc un réel progrès.

Kenji l'attendait sur le trottoir. Il portait des vêtements noirs, suffisamment serrés pour laisser deviner les formes de son corps.

— On va boire un pot ? lui proposa-t-il.

— D'accord. On peut aller au *Leaf and Bean*. Il est juste en bas de la rue ; ils y servent les thés les plus délicieux que je connaisse.

— Ça marche !

Kenji lui adressa le sourire le plus étourdissant que Phoebe ait jamais vu.

Ils prirent le chemin du café. Le brouillard avait à nouveau envahi la baie, l'air s'était rafraîchi. Phoebe s'emmitoufla le mieux possible dans son gilet.

— Bon, ben... Je m'appelle Phoebe...

— Je sais. Tu t'appelles Phoebe Halliwell.

Phoebe fronça les sourcils.

— Attends, comment le sais-tu ?

— Sensei a dû prononcer ton nom au moins cinq fois pendant le cours, lui expliqua-t-il.

— Pigé. Alors, homme mystérieux, c'est à ton tour de te présenter. Qui es-tu ? D'où viens-tu ? Et comment se fait-il qu'une ceinture blanche connaisse les mouvements exécutés par les ceintures marron et puisse décomposer les mouvements aussi bien que le professeur ?

Kenji sourit.

— Mon nom est Kenji Yamada. Je viens de San Diego. Je suis ici depuis une semaine, dit-il en se rapprochant d'elle. Et je vais t'avouer mon secret : je suis ceinture marron dans une discipline assez proche, que j'ai pratiquée là-bas pendant cinq ans. Sensei Towers a tenu à ce que je commence au niveau le plus bas pour que je prenne bien mes marques.

— On est arrivés, dit Phoebe.

Ils poussèrent la porte et s'installèrent à une table près de la vitrine. Ils étudièrent la carte des thés : les propriétés de chaque infusion y étaient détaillées.

Phoebe réalisa que c'était un peu le même type de préparations que celles décrites dans *Le Livre des Ombres*. C'était sans doute pour ça qu'elle aimait autant cet endroit.

Une jeune fille s'approcha pour prendre la commande.

— Je vais prendre un thé Chai glacé, lui dit Phoebe.

— Est-ce que l'un de ces breuvages peut rendre invincible ? demanda Kenji.

La serveuse lui lança un regard étonné.

— Pardon ?

— Non, rien. Je vais prendre un thé vert, sans sucre.

— Pourquoi invincible ? s'enquit Phoebe lorsqu'ils furent seuls.

— Sensei m'a dit aujourd'hui qu'il allait me mettre dans un cours intermédiaire et me faire participer à un tournoi, répondit-il en grimaçant.

— Un tournoi ? Wouah !

— Il y a un grand meeting la semaine prochaine à Oakland. Sensei m'a juste dit que, si j'envisageais d'obtenir un jour une ceinture noire, il fallait que j'y participe.

Phoebe posa sa main sur le bras de Kenji pour le féliciter.

Une vive lumière passa devant ses yeux. Elle sentit la montée d'énergie qui précédait toujours ses prémonitions. Un flot d'images lui envahit le cerveau.

Kenji, sur le tatami, bouge avec légèreté et facilité.

Kenji attaque son adversaire avec une technique d'une rare efficacité.

L'adversaire frappe. La tête de Kenji part en arrière... il a reçu un coup dans la mâchoire.

La scène change. Des applaudissements retentissent. Kenji brandit en souriant le trophée de la deuxième place.

Lorsque la vision s'effaça, Phoebe cligna des yeux. C'était terminé. Elle sourit.

— Phoebe, à quoi penses-tu ? demanda Kenji.

— Pardon ?

Zut ! Elle se demanda combien de temps avait duré son absence. Il fallait qu'elle redescende sur terre au plus vite.

— À rien de spécial. J'étais juste en train de me dire qu'il en fallait du temps pour servir deux malheureux thés.

— Ouais, c'est vrai. J'espère que (il regarda de nouveau la carte) les *propriétés de concentration* du thé vert vont m'aider pour ce tournoi.

La serveuse arriva enfin et posa les deux thés sur la table. Phoebe tourna sa boisson glacée avec une paille.

— Cette boisson est supposée apporter équilibre et calme.

— Je devrais sans doute en commander un stock, dit Kenji en plaisantant. J'en aurai certainement besoin après la compétition.

Phoebe sourit en se rappelant la fière expression que Kenji arborait dans sa vision.

— Tu n'as aucun souci à te faire, le rassura-t-elle.

— Tu crois ? demanda Kenji.

Phoebe se mordit les lèvres. Il semblait si nerveux. Pouvait-elle lui faire comprendre ce qu'elle avait vu ? Et pourquoi pas ? Après tout, ça ne ferait de mal à personne.

Elle se pencha vers lui.

— Fais-moi confiance. TOUT va bien se passer. Je pense, en fait, que tu finiras au moins deuxième.

Kenji ne pouvait détacher son regard de Phoebe.

— Pourquoi as-tu l'air aussi sûre de toi ?

Gênée, Phoebe se redressa. Il ne fallait surtout pas qu'elle en dise trop.

Elle éclata de rire.

— Mais non, idiot, je n'en suis pas *sûre*. (Elle lui donna une tape amicale sur le bras.) Ne t'inquiète pas, je ne lis pas dans l'avenir ou ce genre de trucs.

— Tu ne m'as jamais vu combattre, insista Kenji. (Son regard devenait de plus en plus intense.) Comment peux-tu dire que je vais terminer deuxième ?

— Sensei ne t'aurait jamais engagé dans ce tournoi s'il pensait que tu n'avais pas une seule chance de te qualifier, lui répondit Phoebe.

L'argument était logique.

— Là, tu viens de marquer un point, concéda Kenji. Est-ce que tu viendras me soutenir ?

Le cœur de Phoebe se mit à battre.

Oh non ! Le samedi suivant, elle devait nettoyer la cave avec Prue. Zut !

— Je suis désolée, j'ai déjà pris d'autres engagements.

— Je comprends, se contenta de répondre Kenji avant d'avaler une gorgée de thé.

Phoebe n'arrivait pas à savoir s'il était réellement déçu.

— En plus, tu seras tellement absorbé par tes combats que tu ne feras même pas attention à moi.

— Crois-moi. Si tu es là, je remarquerai ta présence.

Se sentant rougir, Phoebe changea de conversation.

— Bon… dis-moi, pourquoi as-tu quitté San Diego ?

— Pour aller à Berkeley. C'est une des meilleures écoles d'ingénieurs de tout le pays. Et toi, tu vas à la fac ?

— Non. Je viens d'arriver à San Francisco. Je vivais à New York, mais je suis revenue car ma grand-mère est décédée et, avec mes sœurs, nous avons hérité de sa maison.

Kenji fronça les sourcils.

— Toute une maison ? Pas mal.

— Nous y avons grandi, nous aimons beaucoup cet endroit. C'est une grande bâtisse victorienne.

— Moi, je ne vis que dans une minuscule chambre d'étudiant à Berkeley, avoua Kenji. Ce n'est pas extraordinaire, mais c'est juste à côté du campus et le loyer est très abordable. De toute façon, je vais passer la plus grande partie de l'année devant un écran d'ordinateur. (Il fixa de nouveau longuement Phoebe.) Non, en fait, je crois que je ne passerai pas tout mon temps assis à mon bureau.

Cette fois, Phoebe soutint son regard : elle ne devait pas relâcher son attention.

— Vraiment ? dit-elle d'une voix charmeuse. Et pourquoi ça ?

Un petit sourire apparut sur le visage de Kenji.

— En fait, il y a beaucoup de choses que je voudrais apprendre à propos d'une dénommée Phoebe Halliwell.

CHAPITRE 3

Piper se tenait devant le *Sunrise Center*, une grande bâtisse en bois située à quelques kilomètres de la demeure qu'elle partageait avec ses sœurs. Elle espérait que sa démarche était une bonne idée, aussi bien pour la jeune fille qui lui serait confiée que pour elle. Avant qu'elle n'ait eu cette discussion avec Prue et Phoebe, elle se sentait sûre d'elle. Mais, maintenant qu'elle était au pied du mur, elle commençait à douter.

Finalement, Piper prit son courage à deux mains. Elle rejeta ses longs cheveux bruns sur ses épaules et appuya sur la sonnette après avoir pris une profonde inspiration.

Un grand type, aux cheveux poivre et sel gras, portant des lunettes à monture d'acier, ouvrit la porte.

— Je peux vous aider?

— Je suis Piper Halliwell…

— Oui, c'est vous qui vous êtes proposée pour assister une de nos jeunes filles. (Il lui tendit la main en lui adressant un sourire chaleureux.) Mon nom est Justin Morgan. Je suis le coordinateur du *Sunrise Center*. Entrez, je vous en prie.

Piper suivit M. Morgan dans les dédales du grand bâtiment. Les rayons du soleil perçaient au travers de diverses lucarnes, éclairant le sol recouvert de linoléum. M. Morgan conduisit Piper dans une immense pièce où s'alignaient des tables et des bancs : visiblement, c'était le réfectoire.

Piper remarqua une odeur particulière, un mélange de désinfectant et de plats froids. Une atmosphère très éloignée de l'ambiance chaleureuse de la maison. Un sentiment de gratitude monta en elle. Ses sœurs, tout comme elle, avaient eu la chance de ne pas avoir grandi dans un pareil endroit.

— Si vous le désirez, je vous ferai faire le tour du propriétaire, lui dit M. Morgan. Mais, en tout premier lieu, je voudrais vous présenter notre organisation.

Il emmena Piper dans son bureau. Disposé avec ordre et agréablement meublé, le lieu comportait un grand secrétaire, des dossiers suspendus dans une armoire métallique, ainsi que de nombreuses chaises.

— Asseyez-vous, je vous en prie. Avez-vous lu les papiers que nous vous avons envoyés ?

— Très attentivement.

Piper se mordit les lèvres, hésitant à lui livrer le fond de sa pensée.

— Monsieur Morgan, le programme que vous proposez est réellement passionnant, mais je préfère vous avouer franchement que je ne sais pas si je serai capable de l'assumer. J'ai un travail qui me prend énormément de temps ; il faut que je me consacre aussi à ma famille et, pour être honnête, je ne sais pas du tout combien de temps je pourrai offrir à l'une de ces gamines.

— Pouvez-vous vous libérer deux heures par semaine ?

— Deux heures ? C'est tout ?

M. Morgan lui sourit chaleureusement.

— Ne vous inquiétez pas. Ces petites sont totalement irrésistibles. Une grande partie des personnes qui participent à notre programme s'investissent de plus en plus au fur et à mesure qu'elles les connaissent et finissent par leur consacrer plus de temps qu'elles ne l'avaient prévu au départ. Mais le contrat de base stipule que vous leur consacriez deux heures par semaine.

— Alors, ça me semble tout à fait possible, reconnut Piper.

— Nous voulons que ces filles gardent le contact avec le monde extérieur, lui expliqua M. Morgan. Qu'elles rencontrent quelqu'un qui mène une vie différente de celle qu'elles connaissent au centre.

Piper sourit intérieurement : si M. Morgan savait qu'il s'entretenait avec une sorcière !

— ... quelqu'un dont le quotidien ne consiste pas à acheter ou à vendre de la drogue, quelqu'un qui soit totalement différent de tous ceux qu'elles ont croisés jusqu'à présent. Un modèle, en quelque sorte. En fait, il faut que ces gamines arrivent à s'intéresser à quelque chose de positif. Et, sans un environnement adéquat, elles n'y arriveront jamais.

Les arguments employés par M. Morgan eurent raison des dernières hésitations de Piper. C'était exactement pour cela qu'elle s'était portée volontaire ; elle voulait offrir un peu de réconfort à un être qui avait eu moins de chance qu'elle. Peu importait qu'elle soit une sorcière, elle se sentait capable d'accomplir cette tâche.

— Je peux le faire. Ou, du moins, je peux essayer...

— Bien.

Le directeur lui sourit.

— Êtes-vous prête à rencontrer la fille dont vous allez devoir vous occuper ? Elle s'appelle Celeste. Elle est ici depuis environ trois mois.

Il tendit à Piper un dossier qu'elle lut en diagonale.

— Et que se passera-t-il si elle ne me fait pas confiance ? Enfin... si le courant ne passe pas entre nous ?

M. Morgan repoussa d'un geste de la main ses interrogations.

— Vous pensez négativement. Ne perdez jamais de vue que ces mômes ont simplement besoin de repères. Sans cela, ils souffrent. Il faut tout simplement que vous soyez positive et ça marchera.

Piper acquiesça.

— Bon, il est temps que je vous présente Celeste.

M. Morgan la conduisit jusqu'à une petite pièce. Là, une gamine était assise sur une chaise pivotante, les pieds posés sur le rebord de la fenêtre.

— Bonjour, Celeste, dit-il.

En entendant son prénom, la fille se retourna. Une lueur d'intérêt, qui ne dura qu'une fraction de seconde, brilla dans ses yeux bleu pâle lorsqu'elle vit Piper.

Celeste était une enfant mince, qui semblait plutôt avoir dix ans que les treize notés dans son dossier. Elle avait des cheveux coupés court qui mettaient en valeur sa blondeur tirant sur le roux. Elle portait un tee-shirt trois fois trop grand pour elle.

— Salut ! lança Piper.

Elle allait lui tendre la main, puis se ravisa. Ce n'était pas une entrée en matière très décontractée.

— Je m'appelle Piper Halliwell.

— Celeste Bailey.

M. Morgan sourit.

— Bien, je vous laisse faire connaissance.

Piper essaya de ne pas paniquer. Elle avait espéré qu'il serait resté plus longtemps pour faire les présentations, mais elle fut rassurée de constater qu'il n'y avait aucune trace d'hostilité dans l'attitude de Celeste. Elle semblait très calme, et son comportement n'avait rien de provocateur.

M. Morgan referma la porte derrière lui. Piper s'assit sur la chaise qui se trouvait juste à côté de Celeste.

— Bon... commença-t-elle.

Elle se sentait gênée, et s'arrêta net lorsqu'elle se rendit compte qu'elle ne savait vraiment pas quoi dire. De son côté, Celeste se contentait de l'observer.

Piper remit ses idées en ordre. Il lui fallait trouver au plus vite un sujet de conversation. Elle se lança :

— Eh bien... en fait, ça faisait déjà un bout de temps que je voulais participer à ce genre de programme...

— Ah ouais ?

— En fait, j'ai beaucoup de chance parce que j'ai deux sœurs, enchaîna Piper. En revanche, nous n'avons jamais vraiment connu nos parents. Mon père est parti dès la naissance de ma petite sœur et ma mère est morte lorsque nous étions encore enfants. Alors, du coup, avec mes deux sœurs, nous nous sommes serré les coudes. C'est pour cette raison que j'ai toujours voulu aider quelqu'un qui se retrouverait dans une situation proche de celle que nous avons connue.

Celeste acquiesça silencieusement. Piper jeta un coup d'œil sur le dossier de l'adolescente.

— Toi aussi, tu es orpheline ?

— Je n'ai jamais connu mes parents, lui répondit Celeste. Ils sont morts dans un accident de voiture alors que j'avais à peine un mois. Je suis pupille de la nation.

Elle prononça ces mots avec un sourire triste.

— Et tu es passée d'un centre à un autre durant toute ton enfance ? interrogea Piper.

— Non, j'ai vécu dans des familles d'accueil, expliqua Celeste. Dans la dernière... le père avait un comportement bizarre. L'assistante sociale qui s'occupait de moi m'a promis de me placer ailleurs. Mais je ne pouvais pas attendre. Alors, je me suis enfuie.

— Et c'est comme ça que tu t'es retrouvée ici ? enchaîna Piper qui prenait conscience de tout ce que Celeste avait déjà dû endurer malgré son jeune âge.

Celeste eut de nouveau un petit sourire triste.

— Ben... ouais. Mais avant, j'ai été arrêtée. Le juge m'a donné le choix, continua Celeste. Une maison de correction ou le *Sunrise Center.* (Elle pivota sur sa chaise en levant les mains.) Je n'ai pas eu à réfléchir longtemps.

— Tu te plais, ici ? demanda Piper.

Celeste plissa son petit nez.

— Ça paraît sympa, la nourriture est dégueulasse, mais l'ambiance est pas mal.

Celeste ne cessait de tripoter nerveusement le bracelet de sa montre.

— Bon... dis-moi, qu'est-ce que tu aimes faire ? lui demanda Piper, espérant qu'elles trouveraient un terrain d'entente.

— Je sais pas... répondit-elle avec un haussement d'épaules, je lis beaucoup. Et puis... (après avoir baissé les yeux, elle regarda de nouveau Piper)… j'aime faire la cuisine.

— Faire la cuisine ?

Bingo ! Ça ne pouvait pas mieux tomber.

— Tu sais, j'ai dirigé un restaurant. Et maintenant, j'ai acheté un club où on sert des tapas. J'adore cuisiner. C'est toute ma vie.

Elle en bafouillait presque.

— C'est vrai ? demanda Celeste.

— De temps en temps, je pourrais t'emmener au restaurant et te laisser devant les fourneaux, proposa Piper.

La jeune fille se contenta de hocher la tête.

— Je suis des cours de remise à niveau, ici, au centre.

— Alors, tu veux aller au collège ?

La gamine ricana :

— Non, je crois que je vais essayer de trouver un boulot.

— Écoute, je suis désolée de te poser des milliers de questions. Ça n'est pas un interrogatoire. Je veux juste en savoir un peu plus sur toi, pour que nous puissions mieux nous connaître. Par exemple, t'es-tu fait des amies au centre ?

— Une, répondit Celeste. Enfin, du moins, je croyais.

— Qu'est-ce que tu veux dire par là ?

— M. Morgan nous a dit qu'ils n'avaient pas assez de bénévoles pour chacune de nous et, du coup, ma copine Daria n'en a pas. Pourtant, c'est elle qui en voulait un, alors, elle était très énervée quand je suis descendue vous rencontrer.

Piper réalisa que Celeste commençait enfin à se détendre.

— Celeste, qu'est-ce que tu dirais si je te proposais de voir à la fois toi et Daria ?

Celeste écarquilla ses grands yeux bleus.

— Vous feriez ça ?

— Il faut d'abord en parler à M. Morgan, mais pourquoi pas ? dit Piper avec un léger haussement d'épaules. Plus on est de fous, plus on rit ! Tu n'es pas d'accord ?

Celeste sourit vraiment pour la première fois. Piper avait atteint son but.

— Ça serait *vraiment* cool ! lui dit Celeste en se levant. On va dans ma chambre ? Je la partage avec Daria. Vous pourrez faire connaissance. Elle ne va pas en revenir !

— Pas de problème !

Piper la suivit jusqu'au troisième étage, pour finalement atterrir dans une petite pièce étroite, située au bout d'un couloir. L'un des murs était occupé par des lits superposés ; une armoire peinte en orange vif, un bureau de bois en mauvais état ainsi qu'une chaise complétaient le mobilier. Des posters étaient punaisés un peu partout.

Une jeune fille aux cheveux courts mal taillés et teints en bleu était allongée sur la couchette du bas. Elle était habillée d'un pull gris informe et d'un pantalon douteux.

— Salut.

Celeste s'écroula sur le lit à côté d'elle.

— Je te présente Piper.

Daria leva la tête et lui jeta à peine un coup d'œil.

— Salut, dit-elle d'une voix morne.

Le regard de Celeste passa de Piper à Daria.

— En fait, elle est également là pour toi, finit-elle par dire.

Daria plissa les yeux.

— De quoi tu parles ?

— J'ai parlé de toi à Piper et elle a proposé de s'occuper de nous deux !

— Tu t'moques de moi ? demanda Daria, visiblement sur la défensive.

Piper s'approcha d'elle.

— Si M. Morgan est d'accord, tu peux compter sur moi. Ça t'intéresse ?

Le visage de Daria s'illumina.

— Oui ! Oui, oui, oui ! s'exclama-t-elle. J'arrive pas à y croire ! C'est incroyable, extra, super !

Daria prit Celeste dans ses bras. Puis, en éclatant de rire, Daria fit de même avec Piper avant de s'asseoir sur le bureau.

— Bon. Alors qu'est-ce qu'on fait ? Comment on s'organise ? Et où ?

— Stop ! s'écria Piper en levant une main en l'air. Une chose après l'autre. Si nous avons l'autorisation de M. Morgan, nous nous verrons, disons, après-demain ? Daria, j'ai invité Celeste à venir cuisiner dans mon club. On pourra faire de la pizza, avec la garniture de votre choix. Ça marche ?

— Ton propre club ? Ça, c'est vraiment cool. En plus, la pizza, c'est c'que je préfère au monde. Ouais, bien sûr que ça marche !

— Et toi, Celeste ?

— C'est formidable !

Daria se leva du bureau et ouvrit la porte de la minuscule armoire.

— Celeste, donne-moi un coup de main. J'm'habille comment ?

Tandis que Daria farfouillait dans l'armoire, Piper observait Celeste. Elle semblait être quelqu'un de beaucoup plus calme que sa camarade de chambre. Il était difficile de saisir ce qu'elle pensait réellement. Piper sentait qu'il lui faudrait du temps avant de percer les secrets de Celeste. Certes, elle paraissait plus heureuse depuis qu'elle lui avait proposé d'inclure Daria dans le programme. Aussi Piper ne regrettait-elle pas sa décision.

Cela dit, elle se retrouvait face à un grave problème : comment allait-elle annoncer la chose à ses sœurs ? Prue et Phoebe se montraient déjà réticentes à l'idée qu'elle puisse s'occuper d'une adolescente en difficulté, alors deux !

Daria sortit la tête du placard.

— Ça y est. J'ai trouvé ce qu'on allait mettre. Alors, on va manger une glace pour fêter ça !

CHAPITRE 4

Prue regrettait d'avoir été un peu dure avec Piper lorsque celle-ci leur avait parlé de son envie de participer au programme du *Sunrise Center*. Elle descendait Church Street pour rejoindre la 24e Rue. Ça représentait une sacrée trotte pour se rendre chez Buckland, dont le siège était situé en plein centre-ville. Mais le ciel était d'un bleu éclatant et la température idéale. Un temps parfait pour faire une balade.

Elle tourna à l'angle de la 24e Rue, l'artère principale de Noe Valley, qui n'était qu'une suite de cafés, de restaurants, de librairies, de magasins à la mode.

Prue s'engagea dans une minuscule ruelle. C'était la seule façon d'accéder au *Full Moon*. Prue considérait que cet endroit était l'un des secrets les mieux gardés de toute la ville. Aucune enseigne, aucune indication : il fallait simplement savoir comment s'y rendre.

La ruelle débouchait sur une petite cour carrée, pavée et fraîche, grâce à la présence d'un poivrier de

Californie, sous lequel trônait un banc en séquoia. Une fontaine en ardoise et en cuivre laissait couler un faible filet d'eau et, pour couronner le tout, une légère brise soufflait doucement. Adrienne avait fait preuve d'un talent réel pour transformer en oasis cet endroit. On oubliait même qu'on se trouvait en plein centre-ville. De toute évidence, cette femme possédait une énergie positive exceptionnelle.

Prue descendit les trois marches qui menaient à la boutique, puis ouvrit la porte. La propriétaire, qui se tenait derrière un comptoir en bois, était au téléphone. Elle leva la tête, lui fit un sourire, puis un clin d'œil complice lorsqu'elle la reconnut. Elle posa une main sur le combiné.

— Excuse-moi. Je suis à toi dans une minute.

— Ne t'en fais pas. Je jette juste un coup d'œil, dit Prue.

Prue s'engagea dans les allées remplies d'objets fascinants. On y trouvait de tout : des pierres runiques, des cartes de tarots, des livres sur la magie et la sorcellerie, des bougies, de l'encens, des cristaux, des coquillages, des huiles odorantes, des calices, des chaudrons, des dagues. Des dizaines d'étagères étaient garnies de flacons bien alignés, remplis d'herbes, de racines, de graines, de poudres. Bref, tout le matériel nécessaire pour jeter des sorts.

Adrienne rejeta en arrière ses longs cheveux blonds, qui retombèrent avec élégance sur ses épaules.

— Non, je suis vraiment désolée, mais je n'ai pas ça en stock, conclut-elle en prenant un ton ferme. Non, je ne sais pas où vous pouvez trouver ce genre d'article. Désolée.

Puis elle raccrocha.

— Il y a des trucs que tu n'as pas dans ta boutique ? lui demanda Prue sur un ton moqueur.

Adrienne jeta un regard noir en direction du téléphone.

— Il voulait des clous en acier, des bougies noires, des vêtements pour poupée... bref, tout ce qui sert à la pratique de la magie noire. Je n'ai aucune envie, ni de l'aider, ni de l'encourager dans cette démarche.

Prue prit un air à la fois amusé et détaché.

— Ça t'arrive souvent d'avoir des appels de ce genre de clients ?

— Non, pas trop. La plupart des gens pour qui c'est un passe-temps savent que, dans cette boutique, je ne vends que des choses liées à la magie blanche.

Prue et ses sœurs avaient déjà eu affaire personnellement à des démons. Il lui arrivait de se demander combien d'entre eux traînaient dehors, tapis dans l'ombre, à attendre le bon moment pour s'attaquer aux trois *Charmed*. Ça la rendait même parfois paranoïaque. Sa devise secrète, « Ne fais confiance à personne », lui venait très souvent à l'esprit.

Adrienne se pencha au-dessus du comptoir et croisa les bras.

— D'où que vienne la lumière, l'obscurité existe aussi. Les Chinois ont compris ça depuis des siècles.

Puis elle montra à Prue un collier posé dans la vitrine, dont le pendentif représentait le symbole du yin et du yang : deux demi-cercles lovés l'un contre l'autre, l'un blanc, l'autre noir. Chacun des deux contenait la semence de l'autre.

Le monde était partagé entre le bien et le mal. Prue aimait le bien. Elle devrait peut-être changer sa devise en : « Accorde ta confiance à quelqu'un, mais fais bien attention à qui. »

— Alors, que puis-je pour toi ? s'enquit Adrienne.

Prue était tentée de dire à Adrienne qu'elle l'aimait bien et qu'elle était venue là uniquement pour lui faire un petit coucou. Mais elle n'osa pas. De plus, c'était contraire à la plupart des règles de prudence qu'elle s'était imposées.

Une des incantations du *Livre des Ombres*, qu'elle n'avait jamais pratiquée, lui revint à l'esprit.

— Je cherche de la poudre de rose, de violette, de frêne, et un truc qui doit s'appeler… pipeswa ? Tu as ça ?

Prue et ses sœurs commençaient à bien connaître le contenu de l'énorme grimoire que leur grand-mère leur avait légué, même s'il semblait changer chaque fois qu'elles l'ouvraient.

— Oui, bien sûr, sauf qu'il s'agit de pipsissewa [1],

1. Plante verte que l'on trouve en Amérique du Nord. *(N.d.T.)*

plus connu par les spécialistes de la botanique sous le nom de *Chimaphila umbellata*, la corrigea Adrienne, tout en grimpant sur un escabeau pour attraper un bocal en verre tout en haut d'une étagère.

Elle ouvrit le récipient et prit quelques feuilles de la plante qu'elle mit dans un petit sac en papier.

— Quand tu t'en serviras, il faut les broyer vraiment très fin, avant de les mélanger avec les autres ingrédients, lui expliqua-t-elle.

Tandis qu'Adrienne préparait la poudre de rose, le carillon de la porte retentit, et un homme d'une trentaine d'années entra dans la boutique. Il portait une cravate et une chemise noires, ainsi qu'un pantalon en laine bien coupé. Sa coiffure était très classique, des lunettes à monture d'acier encadraient ses yeux noisette, et il tenait un coûteux attaché-case en cuir. Prue le classa dans la catégorie des jeunes cadres supérieurs, impression confirmée lorsqu'elle entendit une sonnerie étouffée et qu'il sortit de sa poche l'un des plus petits et des plus élégants téléphones portables qu'elle ait jamais vus.

Il jeta un rapide regard dans la boutique. Ses yeux croisèrent ceux de Prue et il rougit. La jeune femme essaya de ne pas paraître trop amusée, sans pouvoir s'empêcher de se demander ce qu'il pouvait bien faire là. Il n'avait pas du tout le look d'un adepte de Wicca.

— Je peux vous aider? lui demanda Adrienne.

L'homme se tourna vers elle.

— Je voudrais des pétales de rose séchés, des fleurs de tilleul, du laurier, des racines de trèfle et un de ces petits objets noirs de forme ronde sur lesquels on fait brûler de l'encens, dit-il d'une seule traite.

— Vous voulez dire du charbon de bois ?

Il acquiesça d'un vigoureux signe de tête et piqua un fard.

Le regard d'Adrienne croisa celui de Prue. Elles avaient toutes les deux compris qu'il s'agissait d'une histoire d'amour.

— Vous êtes vraiment *certain* de vouloir lancer ce sort ? l'interrogea Adrienne.

— Euh… oui, finit-il par bégayer.

— Cela peut être très dangereux. Surtout pour les débutants.

— Comment savez-vous que je veux jeter…

— C'est mon métier. Mais il faut que je vous prévienne, la magie est quelque chose de totalement imprévisible. J'ai fait usage de ce sort une fois dans ma vie et ça a marché. Le garçon à qui il s'adressait est effectivement tombé amoureux, mais… de ma camarade de chambre !

— Elle a raison, dit Prue, se piquant au jeu.

Le client d'Adrienne ne la quittait pas des yeux : il semblait à la fois fasciné et terrorisé. Il était si mignon. Dommage qu'il ait déjà jeté son dévolu sur quelqu'un d'autre. Prue décida de raconter un gros mensonge.

— Il y a sept ans, j'ai jeté un sort d'amour. Le garçon est tombé amoureux de moi, comme je l'avais prévu. Sauf que je n'étais plus amoureuse de lui.

— Et alors ?

— Il s'est suicidé, déclara Prue en arborant une expression grave. Je sais, c'est horrible. Mais lorsque l'on envoûte quelqu'un, il est très difficile de revenir en arrière.

Du coin de l'œil, Prue voyait qu'Adrienne se concentrait sur sa préparation de pétales de rose et de racines de trèfle pour ne pas éclater de rire.

Adrienne posa les ingrédients sur le comptoir.

— L'année dernière, mon copain m'a jeté un sort pendant que je dormais et il a prononcé une phrase à propos de notre histoire d'amour qu'il trouvait « planante ». Du coup, pendant une semaine entière, je n'ai pas cessé de léviter.

— De… de… lé… léviter ? reprit le jeune homme.

Il était devenu totalement livide. Il regarda le paquet qu'Adrienne avait déposé sur le comptoir et réussit à dire :

— Écoutez, en fait, je vais réfléchir.

— C'est une très bonne idée, confirma Adrienne.

Le client ouvrit brutalement la porte du magasin et prit la poudre d'escampette. Prue ne put s'empêcher de lancer :

— À très bientôt !

Les deux jeunes femmes furent prises d'un fou rire.

— Jeter un sort d'amour, ce n'est pas vraiment l'idéal pour commencer une relation amoureuse, déclara Prue quand elle eut reprit son souffle.

Adrienne lui fit un signe de la tête.

— Je crois qu'on l'a guéri. Mais, de là à lui raconter que ton petit copain s'était *suicidé*. Tu n'en as pas fait un peu trop ?

— Bon, d'accord, approuva Prue. Mais toi aussi, tu as fait fort avec ton histoire de lévitation !

Adrienne haussa les épaules.

— Attends, je n'ai fait que déformer la réalité. Je peux te confier un secret ? dit-elle d'une voix hésitante.

— Bien sûr, dit Prue en la regardant droit dans les yeux.

— C'est un truc qui n'a rien à voir avec un sortilège ou une quelconque incantation. En fait, le jour de mes treize ans, j'ai découvert que je pouvais me mettre en état de lévitation.

Le cœur de Prue cessa de battre. Léviter ? Comment était-ce possible ? Adrienne possédait-elle également des pouvoirs surnaturels ? Elle serait donc une sorcière — une *véritable* sorcière, comme Prue et ses sœurs ?

— Tu veux dire que tu as découvert ça le jour de ton anniversaire ?

Adrienne le lui confirma d'un signe de tête.

— Ça m'a pris un bout de temps pour le contrôler, parce que j'étais persuadée que ma mère se mettrait en colère. Tu as déjà vécu quelque chose de ce genre ?

Prue comprit qu'Adrienne vivait dans une profonde solitude. Détenir ce genre de pouvoir représentait un fardeau d'autant plus lourd qu'il était impossible de se confier à qui que ce soit. La jeune femme faillit révéler son propre secret à Adrienne. Quel soulagement cela serait d'en parler avec quelqu'un qui ne soit pas du clan Halliwell !...

Mais non. C'était trop tôt. Elle n'était pas encore prête à tout dévoiler.

— Je suis désolée, mais jamais rien de pareil ne m'est arrivé.

Elle ne pouvait pas lui répondre autre chose.

Le carillon retentit de nouveau et trois adolescentes franchirent le seuil de la pièce. La plus petite des trois alla droit au but :

— Nous voulons devenir sorcières. Vous vendez des trucs pour ça ?

Adrienne lança un regard amusé à Prue.

— Je vais y aller, dit cette dernière.

— Je suis à vous dans deux minutes, dit Adrienne aux trois gamines.

Elle posa doucement sa main sur celle de Prue.

— J'en ai pour une seconde. Je finis de te servir.

Elle prépara le reste de la commande et commença à taper le montant sur la caisse.

— Ce n'est pas de la poudre de frêne ! s'exclama Prue en regardant de près le dernier sachet. C'est de la ciguë.

— Nom d'un chien… mais tu as raison ! s'écria Adrienne après avoir examiné la poudre blanche. Je n'arrive pas à croire que j'aie fait une pareille erreur. Je suis désolée. Attends, je vais réparer ça tout de suite.

Elle s'exécuta et Prue régla ses achats. Adrienne lui désigna les trois ados.

— *Des trucs pour sorcières ?* murmura-t-elle.

Prue lui fit un clin d'œil et sortit de la boutique. Les pensées se bousculaient dans sa tête. Si elle n'avait pas reconnu la ciguë, si elle l'avait emportée avec elle, et si elle avait préparé sa décoction, le sort se serait retourné contre elle. Elle n'osait même pas imaginer les conséquences que cela aurait entraînées.

Comment Adrienne avait-elle pu se tromper ? Elle ne l'avait quand même pas fait exprès !

Prue chassa cette idée de son esprit. Elle s'en voulait d'avoir douté un instant. Voilà qu'elle redevenait parano. Adrienne était une amie. Une amie qui avait tout simplement commis une erreur idiote.

CHAPITRE 5

Le lendemain, à quatorze heures, Piper garait sa voiture devant le *P3*. Daria et Celeste étaient assises sur la banquette arrière.

— On est arrivées !

— C'est ici ? dit Daria, déçue.

— D'accord, de l'extérieur, ça ne paie pas de mine, reconnut Piper, mais à l'intérieur c'est une autre histoire.

— Il n'y a personne ? interrogea Celeste.

— Non. Pour l'instant, nous ne serons que toutes les trois.

Elle attrapa d'une main un sac de courses, tout en cherchant de l'autre les clés du club au fond de son sac.

— Le personnel n'arrive qu'en fin d'après-midi.

Elle leva le store métallique, puis ouvrit la porte vitrée, livrant passage aux deux filles qui se précipitèrent à l'intérieur.

— La cuisine est au fond à gauche, leur indiqua Piper en se dirigeant vers un interrupteur.

Le club s'illumina de tous ses feux.

— Ouah ! C'est vachement classe ! s'exclamèrent les deux gamines.

— Merci, répondit Piper en souriant.

— C'est vraiment cool ! (Daria bondit sur la scène et fit semblant de jouer sur une guitare.) *I'm gonna take you away !* chanta-t-elle à pleins poumons — mais complètement faux.

Celeste la rejoignit et, saisissant un micro, lui aussi imaginaire, simula les chœurs.

Piper se dirigea vers la cabine du disc-jockey et mit en marche le matériel très sophistiqué qui s'y trouvait. Elle glissa un CD dans le lecteur tout en réglant le volume.

I wanna take you away ! La voix de Bruce and the Rangers jaillit des puissantes enceintes.

— Ouais ! C'est génial ! hurla Daria.

Les deux amies continuèrent à faire leur numéro, cette fois-ci en rythme. De son côté, Piper pénétra dans la cuisine et déposa les courses sur la paillasse. Elle se dirigea ensuite vers la chambre froide. Machinalement, elle jeta un œil sur le niveau de température, qui lui parut plus élevé que d'habitude. Bizarre. Elle ouvrit la porte, s'apprêtant à affronter la bouffée d'air froid. Mais, non… rien.

Piper referma la porte, puis traversa la cuisine pour consulter l'annuaire téléphonique. Ayant trouvé le numéro de la société chargée de réparer ce genre d'installation, elle les appela pour leur expliquer le problème, puis leur donna l'adresse du club.

— Nous pourrons être chez vous dans environ quatre heures, lui expliqua son interlocutrice.

— Quatre heures ?

Elle raccrocha en râlant, puis fit le point de la situation : ses achats tiendraient bien quatre heures. En revanche, Piper ne pouvait pas se permettre de perdre ce qui se trouvait dans la chambre froide.

Après quelques instants de réflexion, elle prit la seule décision raisonnable. Ses sœurs n'allaient certainement pas être contentes, mais elles devraient faire contre mauvaise fortune bon cœur.

Elle retourna dans la salle. Piper laissa les deux gamines finir la chanson et les applaudit avant de leur annoncer :

— Nous avons un problème. La chambre froide est en panne. Il va falloir emporter ce qu'il y a dedans jusque chez moi, sinon tout risque d'être fichu. Vous voulez bien me donner un coup de main ?

— Bien sûr, dit Daria en sautant de l'estrade.

Celeste tira sur son tee-shirt rouge.

— Et la pizza alors ?

— On la fera chez moi, promit Piper. Il n'y a pas de four en pierre, mais ça ne nous empêchera pas de faire quelque chose de délicieux.

À trois, transporter les provisions dans la voiture ne prit pas beaucoup de temps. Une demi-heure plus tard, un peu mal à l'aise, Piper se garait devant Halliwell Manor. Elle avait promis à ses sœurs de ne pas amener Celeste et, non seulement elle manquait à sa promesse, mais en plus elle avait pris en charge une deuxième gamine. Heureusement, à cette heure-ci, Prue était au travail et Phoebe devait suivre son cours de karaté, se consola-t-elle.

— C'est ici que tu vis ? demanda Celeste.

— Tu dois être riche, renchérit Daria.

— C'était la maison de notre grand-mère, leur expliqua Piper tandis qu'elles vidaient la voiture. À sa mort, mes sœurs et moi en avons hérité.

— On va faire la connaissance de tes sœurs ? interrogea Daria, tout excitée.

— J'espère que non, répondit Piper en baissant le ton. (Elle tendit un grand sac à chacune des filles, puis en saisit deux.) Suivez-moi, dit-elle en se dirigeant vers le perron.

Elle posa son fardeau en haut des marches pour ouvrir la porte, puis passa la tête dans l'embrasure : la voie semblait libre. Pas de Prue, ni de Phoebe en vue.

— Allez, entrez.

— Wouah ! On se croirait dans une église !

Les deux adolescentes suivirent Piper et elles posèrent les sacs sur la table de la cuisine.

— Bon, on range tout ça, et ensuite je vous promets qu'on s'attaque à la pizza.

Celeste ouvrit le frigo.

— Ça ira si je range les étagères pour qu'on puisse mettre tout ce qui vient du club ?

— C'est une excellente idée, lâcha Piper, tout en remarquant que Celeste semblait être beaucoup plus détendue depuis qu'elles étaient dans la cuisine.

Mais où était passée Daria? Piper jeta un coup d'œil dans la salle à manger et y découvrit la jeune fille, debout, face à un mur sur lequel étaient accrochées des photos sépia.

— Qui sont ces gens? demanda-t-elle.

— De la famille éloignée. Je ne sais même pas qui sont la plupart d'entre eux.

— Tu n'as pas des photos de toi et de tes sœurs?

— Non, pas accrochées au mur.

— Elles te ressemblent?

— Bien sûr, répondit patiemment Piper. Bien, j'ai besoin de toi dans la cuisine.

Daria la suivit sans cesser de l'interroger:

— C'est toi la plus jeune? Qu'est-ce qu'elles font?...

— Je ne pourrai jamais répondre à toutes tes questions!

— Désolée, je suis tout simplement curieuse, gloussa Daria.

Piper fut contente de constater que Celeste avait pris l'initiative de mettre au frais la nourriture du restaurant. Il ne restait qu'un pot de crème glacée.

— Je ne trouve pas de place pour ça, expliqua la jeune fille en souriant.

— Ce n'est pas grave, la rassura Piper. Je sais ce qu'on va en faire. (Elle ouvrit un placard d'où elle sortit deux bols ainsi que deux cuillères.) Vous l'avez bien mérité.

Piper alluma le four et sortit tout ce dont elle avait besoin pour préparer la pizza. Aurait-elle le temps de la faire et de repartir avant que Prue ou Piper ne rentre ? En tout cas, elle le souhaitait de tout cœur.

Celeste posa son bol dans l'évier et rejoignit Piper près de la planche à découper.

— Alors, on commence par quoi ?

— Nous allons tricher et utiliser la pâte que j'ai ramenée du club. Si l'on était obligé d'en faire une maintenant, il faudrait attendre plusieurs heures pour qu'elle lève correctement, expliqua Piper. Or, il faut que je vous ramène au *Sunrise Center* et que je sois au *P3* avant cinq heures. Alors... on va commencer par la sauce.

Celeste se mit immédiatement à la tâche. Elle alla chercher des saucisses italiennes, puis coupa les tomates. Quant à Daria... elle fouillait dans les tiroirs de la cuisine.

— Tu cherches quelque chose ? lui demanda Piper.

— Non, j'aime bien savoir ce que les gens ont dans leur maison, expliqua-t-elle. Ça révèle plein de choses sur leur caractère. Et je veux tout connaître de toi.

— Eh bien, je vais te dévoiler une partie de ma personnalité : j'adore mettre beaucoup d'ail dans ma sauce, alors, s'il te plaît, hache quelques gousses.

— D'accord, fit Daria, peu enthousiaste.

Tout en regardant Celeste du coin de l'œil, Piper mit des champignons dans une passoire afin de les laver. La gamine évoluait avec aisance dans la cuisine. Elle connaissait même la quantité d'épices nécessaires à l'assaisonnement.

— Tu as déjà fait des pizzas ? lui demanda Piper.

— Non, jamais, mais j'ai souvent préparé des spaghettis à la sauce tomate. Dans ma dernière famille d'accueil, c'était moi qui me tapais les repas. C'était le seul truc que j'aimais faire chez eux. (Elle eut un haussement d'épaules.) J'ai toujours aimé faire la cuisine.

— Moi aussi, reconnut Piper.

Elle adressa un grand sourire chaleureux à Celeste et celle-ci le lui rendit. Piper se retourna pour voir où en était Daria, mais elle avait disparu.

— Où est-elle passée ? marmonna Piper.

Après s'être rapidement essuyé les mains avec un torchon, elle fonça dans le salon.

Daria ne s'y trouvait pas. Piper se précipita dans le jardin d'hiver. Personne. Daria n'était cachée ni derrière une plante, ni derrière l'un des nombreux meubles en osier blanc.

— Daria ?

N'obtenant pas de réponse, Piper grimpa précipitamment l'escalier, espérant trouver la jeune fille à l'étage supérieur. Elle fit rapidement le tour des chambres. Toujours pas de Daria.

Le cœur de Piper se mit à battre plus vite et son estomac se noua. Pourvu que Daria ne soit pas montée au grenier ! *Le Livre des Ombres*, le grimoire qui contenait la clé de leurs pouvoirs, y était caché !

— Daria ! Daria !

— Quoi ?

Penchée sur la rampe en bois, la gamine la regardait.

Était-elle entrée dans le grenier ? Avait-elle trouvé le livre ? Piper essaya de se contrôler et de parler le plus calmement possible.

— Tu es supposée nous aider à préparer la pizza. Dans la cuisine !

Daria lui sourit.

— Je sais, mais en fait, j'aime pas trop ça. Et puis cette maison est tellement géniale ; toutes ces pièces, tous ces vieux meubles... (Elle désigna le grenier.) Qu'est-ce qu'il y a là-dedans ?

— De la poussière, répondit Piper en serrant les dents.

— Je peux voir ?

Daria se dirigea vers la porte et posa la main sur la poignée.

— Non !

Daria se retourna et la regarda d'un air soupçonneux. Piper devait absolument garder son sang-froid. Daria n'était qu'une gamine, pas une sorcière. Elle n'avait pas vu le livre ; il n'y avait donc aucune raison de s'inquiéter.

— Daria, reprit-elle d'un ton calme, je suis désolée, mais si tu dois passer un moment ici, c'est dans la cuisine, avec Celeste et moi.

— Bon, si c'est comme ça que tu vois les choses...

(Daria plissa les yeux.) Ça veut dire que tu me fais pas confiance. T'as pas envie qu'une gosse d'un centre de réadaptation te pique tes précieuses photos de famille...

— Daria, tu n'es pas... commença Piper.

Elle ne put terminer sa phrase, car elle aperçut Prue en bas des marches.

— Salut, Piper. (Prue souriait, mais Piper comprit au ton de sa voix qu'elle était en colère.) C'est qui, ta copine ?

— M... mais, pourquoi tu rentres aussi tôt ?

— J'ai un mal de tête épouvantable depuis ce matin.

Daria descendit l'escalier.

— Salut, j'm'appelle Daria. T'es laquelle des deux sœurs ?

Ce fut le moment précis que choisit Celeste pour sortir de la cuisine.

— Ah enfin ! dit-elle, soulagée. Je me demandais où vous étiez passées.

— Où *vous* étiez passées ? releva Prue. Piper, dis-moi, combien de personnes y a-t-il actuellement dans la maison ?

— C'est tout, lui affirma Piper. Toi comprise, nous ne sommes que quatre. (La porte d'entrée s'ouvrit... et Phoebe entra.) Ah ! pardon, cinq.

Phoebe regarda Piper et Prue, puis les filles, et Piper de nouveau.

— Qu'est-ce qu'il se passe ?

— Prue, Phoebe… je vous présente Daria et Celeste. On est en train de faire une pizza, il faut qu'on s'en occupe sinon la sauce va brûler.

De retour dans la cuisine, Piper tourna la sauce et constata, ravie, que Celeste avait déjà étalé la pâte dans un plat à pizza. Il fallait absolument qu'elle paraisse s'amuser avec les deux gamines.

— Super! lança-t-elle, aussi détendue que possible. Celeste, tu rajoutes un peu de poivre vert. Daria, coupe les champignons en lamelles, et puis aussi une ou deux tomates fraîches.

Prue apparut dans l'entrebâillement de la porte.

— Piper, je peux te parler un instant? Seule.

— Est-ce que l'une d'entre vous peut tourner la sauce? lança Piper aux filles.

Elle suivit Prue dans le salon où Phoebe, qui semblait elle aussi très énervée, les attendait. Aïe! Ce n'était pas bon signe.

— Piper, nous étions bien d'accord que tu ne devais amener personne ici? (Prue avait du mal à cacher son agacement.) Tu t'en souviens?

— Et comment se fait-il que tu suives deux filles? ajouta Phoebe.

— Une question après l'autre, les interrompit Piper en levant la main.

Elle leur expliqua rapidement comment elle s'était retrouvée là à faire la cuisine avec Celeste et Daria.

— Je n'avais vraiment pas le choix.

— Je n'en crois pas un mot, dit Prue.

— C'est de la folie, reconnut Phoebe. Enfin, si tu ne pouvais pas faire la cuisine au club, pourquoi n'as-tu pas reporté la séance et… je ne sais pas… à la place, tu aurais pu les emmener au zoo.

— Au zoo ? (Piper n'en croyait pas ses oreilles.) Elles ont treize ans, pas cinq.

— Lorsque je suis rentrée, Daria était dans l'escalier, lui fit remarquer Prue. Promets-moi qu'elle n'est pas entrée dans le grenier.

— Non, je l'en ai empêchée, répondit Piper.

— Que tu les aies amenées ici n'est pas le pire, continua Prue. Tu te souviens que, l'autre soir au club, nous avons cru que quelqu'un nous espionnait ? Et si un démon nous a repérées et nous file ? Tu veux mettre la vie de ces gamines en danger ? Enfin, tu en es quand même responsable !

Piper dut reconnaître que Prue venait de marquer un point, mais elle ne pouvait admettre que sa grande sœur décide à sa place. Certes, elle était une sorcière, mais elle n'allait pas totalement changer son mode de vie à cause de ça. Et elle ne permettrait jamais qu'on fasse du mal à Celeste et à Daria.

— C'est important pour moi, finit-elle par dire. Et ces gamines ont besoin de moi. Je ne peux pas les laisser tomber.

— Piper, je sais que tu es parfaitement honnête, mais il faut que tu reconsidères la situation, déclara gentiment Phoebe.

— Bon, c'est vrai, il faut les surveiller, admit Piper. Surtout Daria. Mais…

Piper s'interrompit brutalement en sentant quelqu'un derrière elle.

Elle se retourna et vit Daria qui la fusillait du regard.

Prue et Phoebe en restèrent interdites. Piper, quant à elle, fut prise de panique. Elle savait que ses sœurs pensaient la même chose qu'elle. Depuis combien de temps Daria était-elle là ? Qu'avait-elle entendu exactement ?

CHAPITRE 6

— Daria ! finit par lancer Piper. Ça fait longtemps que tu nous écoutes ?

— Assez pour avoir compris que t'en avais rien à faire de moi, répondit Daria sur un ton cassant. Tes sœurs ne veulent même pas que je mette les pieds ici.

— Daria, attends ! s'insurgea Piper. Ce n'est pas vrai ! Tu comptes beaucoup pour moi.

Elle se précipita vers la jeune fille et lui saisit le bras.

— Me touche pas ! J'ai pas l'habitude de rester là où on ne veut pas de moi.

Piper recula comme si elle avait reçu une gifle. Le fait que Daria ait l'impression d'être rejetée allait totalement à l'inverse de sa démarche.

— Je suis désolée, s'excusa Piper. Je suis vraiment désolée si nous avons dit des choses susceptibles de t'avoir blessée. Allez, s'il te plaît, laisse-moi t'expliquer.

— T'es qu'une menteuse ! lui jeta Daria sur un ton méprisant. De toute manière, tu préfères Celeste. T'as accepté de t'occuper de moi uniquement pour lui faire plaisir. J'ai compris. Je vais vous laisser jouer à la poupée ensemble. Je ne vous embêterai plus.

Daria ouvrit la porte d'entrée, dévala les marches du perron, puis se mit à courir dans la rue. Médusée, Piper n'avait pas bougé.

— Qu'est-ce qu'il se passe ?

En entendant cette question, elle se retourna et vit Celeste sur le seuil de la cuisine : son regard se posait sur chacune des sœurs. Un ange passa.

— Où est Daria ?

— Elle vient juste de partir, répondit Piper.

— Pourquoi ? fit-elle en écarquillant les yeux.

— Je t'expliquerai plus tard. Il faut que tu m'aides à la retrouver. Phoebe, s'il te plaît, retire la sauce du feu.

— Pas de problème, répondit Phoebe en quittant la pièce.

— Piper, commença Prue, il faut que nous…

— Ça suffit ! Tu as pigé ? Je dois la tirer d'affaire. On parlera plus tard. Pour l'instant, la seule chose qui compte, c'est que je retrouve Daria.

Puis elle fit signe à Celeste de la suivre.

Une brume épaisse montait de la baie. Piper et Celeste sillonnaient en voiture les rues du quartier résidentiel. Piper avait toujours vécu à San Francisco, mais elle était encore surprise par la vitesse avec laquelle le brouillard envahissait la ville. Elle alluma ses feux et se pencha pour nettoyer le pare-brise.

— Je n'arrive pas à comprendre, lâcha-t-elle en engageant son véhicule sur une des fameuses rues escarpées de la ville. Daria n'a quand même pas disparu ? Elle n'a aucune raison de nous en vouloir. Est-ce qu'elle aime traîner dans certains quartiers, dans certaines boutiques, dans un parc ?... demanda-t-elle à Celeste.

— Pas que je sache, répondit celle-ci en regardant à travers la vitre. Elle est peut-être allée au cinéma.

Piper donna un violent coup de poing sur le volant.

— Je n'aurais pas dû hésiter. J'aurais dû lui courir après.

En fait, elle aurait dû arrêter le temps, mais elle aurait pris le risque qu'une des deux gamines découvre le pot aux roses.

Prue avait probablement raison : elle était en train de tout gâcher.

S'il arrivait quelque chose à Daria, Piper ne se le pardonnerait jamais. Et qu'est-ce qu'elle allait raconter à M. Morgan en ramenant Celeste ?

Le brouillard devenant de plus en plus épais, Piper ralentit.

— C'est idiot. Comment retrouver quelqu'un lorsque l'on n'y voit pas à deux mètres ?

— Piper, pourquoi Daria s'est-elle enfuie ? demanda Celeste.

Piper se dit que Celeste avait le droit de connaître la vérité.

— Daria a entendu certaines choses et elle en a conclu que je ne m'intéressais pas à elle. Ce qui n'est absolument pas le cas : pour moi, vous êtes toutes les deux sur un pied d'égalité.

— Tes sœurs ne veulent pas nous voir chez toi, avança doucement Celeste. Je l'ai compris dès que je les ai vues. Surtout Prue.

La première réaction de Piper fut de la contredire, mais, après réflexion, elle conclut qu'il ne fallait surtout pas que Celeste perde confiance en elle.

— Mes sœurs ont leurs raisons, finit par répondre Piper. Et ça n'a strictement rien à voir avec toi ou Daria.

— Alors, c'est quoi ?

— Des histoires de famille : tu sais, ce genre de vieilles rancœurs qui remontent à la surface. Je ne peux pas t'en dire plus, mais sache que ça ne change rien du tout à ce que je ressens pour vous deux.

Piper s'arrêta à un feu rouge. Elle était à la limite du Mission District, l'un des quartiers les moins sûrs de San Francisco.

— Tu as un portable ? demanda soudain Celeste.

— Oui, pourquoi ?

— Pourquoi tu n'essayes pas d'appeler le *Sunrise Center* pour savoir si elle n'est pas rentrée ?

Piper ne put s'empêcher de se prendre la tête entre les mains. Elle était tellement à bout de nerfs qu'elle n'y avait même pas pensé.

— C'est une excellente idée. (Piper sortit le téléphone de son sac, vérifia qu'il était bien chargé, puis le tendit à Celeste.) Et si c'était toi qui appelais ?

— D'accord.

Celeste composa le numéro et elle demanda à parler à Daria. Il s'écoula un bref instant avant que Piper l'entende dire :

— Salut, Daria, ça va bien ?

— Je peux lui parler ? demanda Piper en tendant la main vers le téléphone que Celeste lui rendit. Daria, c'est Piper. Tout va bien ?

— Qu'est-ce que ça peut t'faire ? lança Daria d'un ton hargneux.

Elle allait bien. Certes, elle était en colère, mais elle se portait bien.

— Daria, poursuivit Piper, je suis vraiment désolée de ce qui s'est passé.

— T'as pas l'air.

Et elle lui raccrocha au nez. Piper coupa son portable. Bon, elle avait compris...

— Tu sais, Daria se montre souvent un peu lunatique, lui signala Celeste pour la rassurer.

— Un peu ?

— Elle a trop souffert, elle voudrait que ça change.

— Je sais, dit Piper.

Il fallait absolument qu'elle se réconcilie avec Daria et qu'elle sache exactement ce qu'elle avait appris, car si elle avait découvert ne serait-ce qu'une partie de leur secret, Piper et ses sœurs deviendraient vulnérables.

En ce samedi après-midi, Phoebe se frayait un chemin à travers les spectateurs entassés sur les gradins de l'Oakland Stadium. Elle était impressionnée par la diversité de la foule que ce tournoi d'arts martiaux avait attirée pour tout le week-end. Il y aurait des démonstrations de cassage de briques, des épreuves de *katas*, de l'autodéfense, ainsi que des exercices montrant différentes techniques de combat avec des armes. Mais, bien sûr, ce n'était pas ça qui l'intéressait.

Une fois assise, Phoebe feuilleta le programme pour trouver la partie intitulée : « Combats amicaux, catégorie intermédiaire. » Elle suivit du doigt la liste des noms jusqu'à celui qu'elle cherchait : Kenji Yamada. Son combat était annoncé pour quatorze heures quinze. Un coup d'œil à sa montre lui indiqua qu'il était quatorze heures.

En se penchant au-dessus des barrières, elle vit Sensei Towers qui déambulait tranquillement le long des barrières et repéra Kenji assis au milieu des autres participants. Il était très chic dans son *gi* blanc immaculé, arborant la ceinture marron. Il n'aurait pas été juste qu'il combatte dans la catégorie des débutants.

Phoebe regarda vers le ring et observa les deux jeunes ceintures vertes qui combattaient. Elle admira leur technique soignée et aiguisée. Super !

La cloche retentit, les adversaires saluèrent, puis le gagnant reçut une médaille.

— À présent, passons au *kumite* karaté, section intermédiaire, annonça le speaker.

Phoebe savait que *kumite* signifiait « combat » en japonais. Son cœur se mit à battre un peu plus fort lorsque Kenji s'avança vers le tatami. Face à lui, un grand brun bronzé qui devait adorer faire du surf, également ceinture marron.

Les deux combattants se firent les salutations traditionnelles avant de prendre leurs marques.

— *Hajime !* cria l'arbitre.

L'assaut pouvait commencer.

Kenji dut parer une succession de coups de poing et de coups de pied, dont une attaque latérale suffisamment puissante pour assommer une vache. Il bloqua, sauta, esquiva et contre-attaqua en visant le plexus solaire de son adversaire. Il enchaîna immédiatement avec un fauchage qui conclut le combat. Deux gestes et le beau surfer était à terre. Wouah ! Phoebe ne put s'empêcher de tressaillir lorsqu'elle vit s'affaisser l'adversaire de Kenji. C'était pour elle un peu étrange de constater que le type qui la faisait craquer était un véritable tueur sur le tatami.

Kenji fut déclaré vainqueur. Il enchaîna ensuite quatre combats et ne perdit que le dernier face à un type aussi costaud qu'un haltérophile. Il n'avait pas l'agilité de Kenji, mais possédait une puissance incroyable. En outre, Kenji était visiblement fatigué. Un coup de pied tournant dans la mâchoire le déséquilibra et ses mouvements devinrent plus lents.

Lorsque le combat prit fin, elle poussa un soupir de soulagement. L'arbitre leva la main de Kenji.

— Deuxième, Kenji Yamada, annonça le speaker.

Tout s'était déroulé comme dans la vision de Phoebe. Elle frissonna. Elle ne savait plus exactement combien de fois cela s'était produit, mais elle n'arrivait toujours pas à s'y habituer.

Kenji reçut son trophée des mains d'un officiel. Phoebe l'applaudit tout en sifflant le plus fort possible. Quand ce fut la remise de la coupe au vainqueur, elle descendit des gradins. Elle voulait voir Kenji avant qu'il ne rentre au vestiaire.

— Phoebe, finalement, tu es venue !

Il avait l'air ravi.

— J'ai pu m'arranger. (En fait, elle avait juste laissé un mot à Prue, en espérant qu'elle comprendrait.) Tu as été super !

— Pas jusqu'au bout, admit-il. Mais je suis quand même arrivé en finale. J'ai fait mieux que je n'espérais, étant donné mon manque d'entraînement. (Il la regarda droit dans les yeux.) Dis donc, c'est marrant. J'ai obtenu la deuxième place. C'est exactement ce que tu m'avais prédit.

Elle ne put s'empêcher de rire :

— Juste une bonne pioche !

Kenji la regarda avec circonspection.

— C'est le moins que l'on puisse dire.

Phoebe lui offrit un de ses sourires les plus séduisants.

— Et j'avais également dit que tu ne te rendrais pas compte de ma présence.

— En fait, je crois que c'était mieux que je ne sache pas que tu étais là. Ça m'aurait déconcentré pendant les combats.

— Ah oui, vraiment ? répliqua Phoebe en se rapprochant de lui. Et à quoi aurais-tu pensé ?

— Je n'aurais pas arrêté de me demander quel effet cela pouvait faire de t'embrasser.

Phoebe le regarda intensément.

— Nous pouvons connaître la réponse dans la seconde qui suit.

Kenji la prit alors dans ses bras et ils s'embrassèrent. Phoebe, tout contre lui, avait totalement oublié la foule qui les entourait. Elle ne pensait qu'à cet instant merveilleux.

Ils finirent par se séparer.

— Waouh, souffla Phoebe.

Elle se sentait tellement bien dans ses bras !

Le jeune homme ne la quittait pas des yeux.

— Je pense qu'il va falloir que nous recommencions, lui murmura Kenji à l'oreille. Comme ça, je serai certain de ne pas avoir rêvé.

Il l'attira de nouveau contre lui et Phoebe éprouva une émotion plus forte encore. Il fallait qu'elle se méfie, qu'elle se maîtrise ; tout allait trop vite avec ce garçon.

Kenji sentit son trouble.

— Phoebe, n'essaie pas de résister, la gronda-t-il. (Il lui caressa tendrement les joues.) À partir de maintenant, tu m'appartiens.

CHAPITRE 7

Le Maître bouillait de rage.

— Nous n'avons toujours pas trouvé les pouvoirs des trois *Charmed* ! Qu'est-ce que vous faites ? Vous attendez que l'un des nôtres soit détruit ?

Personne n'osa lui répondre.

— Leurs pouvoirs, répéta-t-il. Nous devons trouver un moyen de les intégrer, de les inverser, de les affaiblir. Vous avez commis une faute ! Et toute faute mérite une sanction.

Il tendit les bras au-dessus du groupe assemblé. Tous les disciples se plièrent en deux, grognant et se tordant de douleur. Au bout de quelques instants, le Maître fit un geste de la main et les gémissements cessèrent.

— Nous n'avons pas le droit à l'erreur, murmura le Maître. Suis-je bien clair ?

— Oui, Maître, répondit l'assistance d'une seule voix.

— Très bien.

Il sortit un objet de sa robe : un ruban rouge noué en son milieu.

— Nous allons faire appel à notre talisman pour nous aider, mais que cela n'empêche aucun de vous de continuer sa mission. Adrienne, approche-toi.

La femme aux longs cheveux blonds s'avança vers l'autel.

— Dis-moi, mon élue, quel est ton plan pour détruire les *Charmed*?

— Je... Je vais gagner leur confiance et comprendre ce que sont les pouvoirs de chacune, puis les retourner contre elles.

— Ça me paraît un bon plan, répondit sèchement le Maître. Et toi, Kenji?

— Je vais faire en sorte que la plus jeune des trois sœurs tombe amoureuse de moi. Et puis je lui prendrai son cœur pour le détruire.

L'après-midi suivant, juste avant l'ouverture du club, Piper était assise sur l'un des tabourets du bar, étudiant les comptes sur un ordinateur.

— Des conclusions passionnantes?... demanda Craig, le barman.

— On ne fait pas assez de bénéfices. Il faudrait peut-être ouvrir plus tôt, fermer plus tard. Ou travailler à l'heure du déjeuner.

— Devine qui est notre première cliente? demanda Craig en regardant vers l'entrée.

Piper se retourna et découvrit Phoebe sur le pas de la porte. Elle paraissait très nerveuse, ce qui ne lui ressemblait pas.

— Encore une visite surprise, commenta Piper. Tu viens faire le ménage ?

— Non, il faut que je te parle, commença sa sœur en enlevant sa veste.

— Eh bien, parle.

Phoebe jeta un regard vers Craig.

— Seule à seule, murmura-t-elle.

Piper entraîna Phoebe vers une table, en espérant qu'elle n'allait pas lui annoncer une catastrophe.

— J'ai rencontré quelqu'un la semaine dernière, laissa échapper Phoebe. Un homme.

Piper fut soulagée. Sur le plan humain, elle était capable de gérer ce type de problème.

— C'est vrai ?

— Un homme splendide, charmant, gentil, intelligent et sexy.

— Et il s'appelle comment ? demanda Piper en souriant.

— Kenji Yamada. Il est dans mon cours de karaté. Il vient d'arriver de San Diego pour passer son diplôme d'ingénieur à Berkeley.

— Eh ben ! C'est plutôt pas mal, dit Piper sur un ton qu'elle voulait encourageant. As-tu parlé à Prue de ce citoyen modèle ?

Phoebe fit une grimace.

— Non. Je ne me sens pas prête à affronter une discussion sur le thème : « Il faut faire attention à tous ceux qui pénètrent dans nos vies. » (Elle se tut un instant.) En fait, Prue l'apprécierait certainement, mais elle va encore une fois me faire la morale. Elle ne peut pas s'en empêcher.

— C'est vrai qu'il y a un certain nombre d'inconvénients à sortir avec quelqu'un lorsqu'on est ce que nous sommes, reconnut Piper.

— Je suis d'accord. (Phoebe se prit la tête entre les mains.) C'est pour ça que cette histoire me rend très nerveuse.

— Pourquoi ?

— À cause d'un tas de choses, gémit Phoebe. (Elle releva la tête.) Parce que nous ne formons quand même pas une famille ordinaire et que je ne me vois pas lui raconter qui je suis. Mais surtout, parce que je ne veux pas passer à côté de cette histoire.

Piper observait sa sœur avec curiosité. Phoebe avait toujours été un peu frivole. Et Piper ne lui connaissait pas un ton aussi grave pour aborder ce genre de sujet. D'autant qu'elle n'avait rencontré ce type que depuis une semaine !

Phoebe se redressa sur sa chaise.

— Avec lui, je veux prendre mon temps.

Piper demeura interdite. Ce garçon devait avoir quelque chose de très particulier.

— Alors ? demanda Phoebe. Tu ne me dis pas que c'est une excellente idée ?

Piper sourit.

— C'est effectivement une excellente idée, mais, sans vouloir te vexer, ça ne te ressemble pas.

— Je sais. Je pense que c'est juste parce que j'aime énormément Kenji.

— Alors, fonce… commença Piper.

Mais elle s'arrêta net quand elle aperçut Celeste qui les observait à travers la vitre. La gamine portait un tee-shirt et un jean ; elle semblait frigorifiée et désespérée. Qu'est-ce que Celeste pouvait bien faire là ? Il devait se passer quelque chose de sérieux.

Elle lui fit signe d'entrer.

— J'ai peur que nous ne soyons obligées de continuer cette conversation plus tard. J'en suis navrée, s'excusa Piper.

— Ne t'inquiète pas. Je t'ai à peu près tout raconté ; j'avais juste besoin d'en parler à quelqu'un.

Celeste pénétra dans le club et Piper lui fit signe de la rejoindre à la table.

— Salut, Celeste. Tu te souviens de ma sœur Phoebe ?

— Oui.

Celeste parlait calmement, mais semblait sur ses gardes. Phoebe lui adressa un sourire.

— Je suis désolée pour l'autre jour, mais il y avait un peu de tension à la maison. Et puis, là, il faut que j'y aille, mais on aura certainement l'occasion de se revoir et de faire plus ample connaissance.

— D'accord, dit Celeste d'un air surpris. Ça serait chouette !

Dès que Phoebe fut partie, elle se tourna vers Piper :

— Elle est sympa !

— Oui, c'est quelqu'un de bien, lui confirma Piper en souriant. Comment vas-tu ? Tu as l'air complètement gelée. Je vais te faire un thé chaud. Tu veux que je te prête un pull ?

Celeste se mit à secouer la tête avec impatience.

— Écoute... c'est Daria. Elle a des réactions bizarres depuis qu'il y a eu ce problème chez toi, vendredi dernier.

— Assieds-toi, lui ordonna Piper. (Elle alla lui chercher un verre de thé à la menthe.) Alors, qu'est-ce qu'il se passe ?

— Ça fait deux soirs de suite que Daria sort. Et chaque fois, elle n'est pas rentrée avant trois ou quatre heures du matin.

— Où va-t-elle ?

— J'en sais rien. Elle ne me parle pas. Au centre, elle ne parle à personne. Sauf pour lancer des menaces. Ça commence à m'inquiéter.

— Qu'est-ce que tu veux dire par « menaces » ? interrogea Piper.

— Des trucs comme : « Personne ne s'intéresse à moi, mais ils seront bien obligés de le faire un jour. » Hier, je l'ai surprise devant la glace en train de dire : « Ils disparaîtront tous bientôt. »

Piper restait impassible, essayant de faire croire que, comme à son habitude, elle maîtrisait la situation. En revanche, au fond d'elle-même, c'était la panique. L'affaire commençait à sentir le roussi.

Celeste semblait mal à l'aise. Piper comprit que l'adolescente avait l'impression de moucharder.

— Tout va bien, Celeste, la rassura Piper. C'est important que tu puisses tout me dire.

— Aujourd'hui, c'était encore plus étrange, reprit Celeste. Elle a dit un truc comme : « Bientôt, je ferai appel aux ténèbres. »

Piper releva brusquement la tête. Ça ressemblait à une incantation.

— Tu en as parlé à M. Morgan ?

— Oui, bien sûr. Il m'a juste dit qu'il n'y avait pas de raison de s'inquiéter. J'ai pensé que c'était mieux si je venais te voir.

Piper ne pouvait s'empêcher d'avoir de la tendresse pour cette gamine qui, visiblement, lui faisait totalement confiance.

— Daria me fait peur, continua Celeste. Tu voudrais bien lui parler ?

Piper se leva pour aller chercher sa veste et un pull pour Celeste.

— Craig, je reviens le plus vite possible.

— Pour l'ouverture ?

— Je vais essayer, mais là, il y a urgence.

Piper et Celeste montèrent dans la voiture et prirent la direction du *Sunrise Center*. Le temps ne s'améliorait pas ; il faisait froid, le ciel était bas, sombre et menaçant.

— Daria était-elle au centre lorsque tu en es partie ?

— Ouais, je l'ai quittée quand elle a commencé à parler de ces histoires de ténèbres. (Les yeux bleu pâle de Celeste fixaient Piper avec attention.) Pourquoi ça a l'air de t'énerver quand je te parle de ça ?

— Je me fais juste du souci pour elle.

Elle ne pouvait lui expliquer à quoi elle pensait vraiment : elle suspectait Daria de s'initier à la magie noire. Des mômes comme elle, qui n'avaient ni centres d'intérêt ni véritables repères, représentaient des proies faciles pour les grands maîtres de sectes sataniques. Néanmoins, pour une fois, Piper espérait que son intuition la tromperait.

Quelques minutes plus tard, Piper se garait devant le *Sunrise Center*. M. Morgan vint à leur rencontre.

— Celeste, pour l'amour du ciel, où étais-tu passée ?

— Je ne suis pas allée très loin, répondit-elle d'un air renfrogné.

— Tu connais le règlement. Si tu sors, il faut que tu nous le dises.

— Elle était avec moi, l'interrompit Piper. Je suis désolée, j'ai oublié de vous le signaler. Avez-vous vu Daria ?

— Elle était en haut il y a encore une demi-heure.

— Je peux aller lui parler ?

— Bien sûr, Piper, je suis ravi que vous vous investissiez autant dans ce programme.

Piper monta l'escalier quatre à quatre ; Celeste la devança et ouvrit la porte de la chambre.

— Elle est partie. Je savais que M. Morgan ne s'en rendrait pas compte.

— Bon, eh bien, on va l'attendre.

Celeste s'allongea sur la couchette, tandis que Piper faisait les cent pas dans la pièce minuscule.

Je dois probablement dramatiser, pensa Piper. *La sorcellerie n'a sans doute rien à voir avec toute cette histoire.*

— Daria est peut-être chez une copine ? suggéra-t-elle.

— Je ne pense pas qu'elle ait d'autres amies. Pourtant, hier, je l'ai entendue passer un coup de fil. Elle a parlé d'un rassemblement, puis d'un maître.

Les jambes coupées, Piper s'appuya contre le bureau.

— Maître de quoi ?

— Je ne sais pas. Ils parlaient sans doute de Master D, la nouvelle star du rap.

Ou d'un maître de la magie noire. Piper ne pouvait chasser cette pensée de son esprit.

Bon, elle allait enquêter, ne serait-ce que pour en avoir le cœur net. Et surtout, elle devait protéger Daria. Elle leva les mains et arrêta le temps. Puis elle traversa la pièce et ferma la porte à clé. Elle agissait avec précipitation, car elle ne savait jamais combien de temps durait le charme.

Elle fouilla d'abord l'armoire. C'est dans le troisième tiroir, sous un tee-shirt de Daria, qu'elle trouva deux grosses bougies noires, un pentacle, ainsi qu'une poupée bricolée à la va-vite.

Piper devait se rendre à l'évidence ; tout semblait indiquer que Daria était tombée dans le satanisme. Mais à quel stade en était-elle ?

Elle continua son inspection. Le quatrième tiroir était rempli de chaussettes et de sous-vêtements. Dans la penderie, rien que des habits, deux petites valises vides, un peignoir et deux manteaux. Elle referma la porte et jeta un regard à Celeste. Parfait. Elle était toujours statufiée. Elle s'attaqua aux tiroirs du bureau. Ils contenaient des stylos, des crayons, du ruban adhésif, quelques enveloppes, un bloc-notes. Et puis une boulette de papier rouge.

Piper la déplia ; une adresse y était inscrite : 4829 Colwood Street. Daria y était peut-être.

Elle sentit un très léger courant d'air et comprit que le temps allait reprendre son cours normal. Elle se dépêcha de déverrouiller la porte et retourna s'appuyer contre le bureau.

— Piper ? (Celeste cligna des yeux.) J'ai eu comme un éblouissement. Qu'est-ce que tu disais ?

Piper lui tendit le bout de papier.

— C'est bien l'écriture de Daria ?

— Oui.

— Tu connais cette adresse ?

— Non.

— Bon, on y va. Et sans perdre une seconde.

CHAPITRE 8

Après avoir rangé sa voiture le long d'un trottoir, Piper étudiait un plan de la ville.

— Tu as trouvé ? lui demanda Celeste avec impatience.

— Je crois. Ça m'a l'air d'un endroit peu fréquentable.

En fait, elle était loin de la vérité. Colwood Street, en plein centre-ville, était proche de Hayes Valley et de Fillmore, deux des quartiers les plus violents de la ville.

— Qu'est-ce qui te fait croire que Daria est à cette adresse ? lui demanda Celeste.

— Rien, reconnut Piper. Mais Daria ne va pas bien. Il faut que l'on sache pourquoi et cette adresse est le seul indice que nous possédions.

Garde ton calme, se dit Piper en descendant lentement Fillmore Street. La circulation était trop dense pour dépasser les quarante kilomètres à l'heure.

Cependant, plus elles se rapprochaient de leur destination, plus les voitures se faisaient rares. Il n'y avait même plus d'immeubles d'habitation, juste une suite de bâtiments abandonnés servant visiblement de décharge publique. Daria ne pouvait quand même pas se cacher par là !... Piper ralentit encore. Elle aperçut, posés en vrac, un matelas pourri, deux toilettes brisées, des morceaux de vaisselle, une carcasse de vélo...

Lorsqu'elle s'engagea dans Colwood Street, Piper fut tout de suite mal à l'aise. Elle n'avait plus qu'une envie : retrouver Daria et partir de là.

— Tu arrives à lire les numéros ? demanda-t-elle à Celeste.

— Vu leur état, ce n'est vraiment pas facile.

— Je sais. Mais si tu vois le 4829, signale-le-moi.

— Piper, j'aime pas ce coin.

— Moi non plus.

Piper ne pouvait le nier, surtout lorsqu'elle prit vraiment conscience que la rue était totalement déserte. Le calme qui y régnait était terrifiant.

Des gouttes de sueur perlèrent au front de Piper et elle frissonna. Puis un goût horrible lui emplit la bouche et elle sentit son estomac se nouer. Beurk !

— C'est là ! hurla soudain Celeste.

Elle pointa du doigt, de l'autre côté de la rue, les ruines d'une grande bâtisse victorienne. Seule la plaque comportant le numéro 4829 était encore visible.

Au niveau du dernier étage, le toit était à moitié effondré. Des bandes de tagueurs avaient recouvert la façade de graffitis, sans doute depuis longtemps, car même ces inscriptions s'effaçaient. Les fenêtres étaient condamnées.

Piper retint son souffle; la porte d'entrée était entrouverte. Elle gara la voiture.

Piper eut de nouveau la chair de poule et une saveur âcre envahit sa bouche. Que lui arrivait-il?

— Celeste! Attends!

Mais Celeste se dirigeait déjà vers la maison. À bout de forces, Piper ne se sentait pas capable de la rattraper, mais elle n'avait pas le choix.

Elle réussit à se glisser hors du véhicule et s'appuya contre la portière. Elle était enveloppée par la puanteur des ordures en décomposition. Prise de vertiges, elle sentit monter en elle des haut-le-cœur, mais réussit quand même à se diriger vers la bâtisse: Celeste était déjà en train de gravir les marches en bois cassées du perron.

— Attends! hurla-t-elle.

Cette injonction n'eut aucun effet sur l'adolescente qui lui lança, avant de pénétrer dans la maison:

— Hé! La porte est ouverte!

— Non, Celeste! Ressors immédiatement!

Piper titubait, essayant d'avancer tandis qu'elle était prise de nausée. Plus elle s'approchait, plus l'envie de vomir devenait violente. Piper comprit alors avec effroi que c'était la maison qui était la cause de son malaise!

— Au secours! Piper, au secours!

Piper oublia son envie de vomir. Elle grimpa le perron quatre à quatre. À l'intérieur, il faisait noir comme dans un four. Piper plissa les yeux pour essayer de s'adapter à l'obscurité.

— Celeste ! Où es-tu ?

— Ici, il…

Le hurlement de la gamine s'arrêta net. Mais Piper avait compris qu'il parvenait d'en haut. En tâtonnant dans l'obscurité, elle finit par trouver une rampe en bois vermoulue.

— Tiens bon, Celeste, j'arrive.

Elle réussit à gravir les marches les unes après les autres. Elle s'arrêta, le souffle court, et aperçut une inquiétante lueur verte sur le palier.

Malgré ses haut-le-cœur de plus en plus éprouvants, elle put se hisser jusqu'à l'étage. Elle y découvrit Celeste allongée sur le sol, noyée dans la sinistre lumière verte, les bras tétanisés, les jambes repliées.

— Piper… gémit-elle quand la jeune femme apparut dans son champ de vision.

Mais une silhouette vêtue d'une robe noire à capuche sortit de l'ombre. Elle brandit une dague au-dessus de Celeste et l'abaissa d'un mouvement haineux.

— Non ! hurla Piper, tout en utilisant le peu d'énergie qui lui restait pour geler le temps.

L'arme s'arrêta à quelques centimètres de la poitrine de la jeune fille. Piper se pencha sur Celeste et essaya de la prendre par la main. Mais, comme elle le supposait, elle se trouvait encore sous l'influence de la magie et ne pouvait bouger. Piper se rappela alors une incantation qu'elle avait apprise dans *Le Livre des Ombres* :

Desserrer les nœuds, pour se défaire de la magie noire,
Libère celui qui entrave le fond de mon cœur.

Elle saisit de nouveau la main de Celeste. Oui ! elle réagissait à la pression. *J'ai réussi*, se dit Piper avec soulagement. *J'ai vaincu le sortilège du démon.* Il restait tout de même un problème : elle était trop faible pour sortir la jeune fille qu'elle avait endormie en arrêtant le temps. Il fallait absolument qu'elle se réveille et puisse marcher.

Il lui vint une idée : elle ne devait pas jeter un sort à Celeste, mais au démon. Par précaution, elle prit la dague des mains du monstre et la pointa vers lui en entonnant une autre incantation :

Verte comme l'herbe, verte comme une ondulation sur l'océan,
La lumière devient tissu et enserre celui qui voulait faire du mal à la fillette.
Verte est la lumière, le vert l'enserrera.
Que ce démon soit ligoté jusqu'à la fin des temps.

Piper retint son souffle ! Soudain, la lumière verte devint plus intense et forma de longs fils souples qui, en quelques secondes, emprisonnèrent le démon.

Piper sentit un léger courant d'air lui caresser le visage : le temps allait reprendre son cours. Il fallait faire vite !

— Celeste, viens, murmura-t-elle. Je ne peux pas te porter.

Les yeux de Celeste reprirent une expression normale. Elle regarda le démon, lui aussi réveillé, qui se débattait furieusement pour se libérer du filet qui l'immobilisait.

— Mais... mais... qu'est-ce qu'il s'est passé ? demanda-t-elle à Piper.

— Ça n'a pas d'importance. Il faut que nous sortions d'ici le plus vite possible.

Piper faillit tomber dans la cage d'escalier plongée dans le noir. Celeste la rattrapa par le bras.

— Appuie-toi sur moi, lui dit-elle.

Celeste aida Piper à descendre l'escalier, marche après marche, puis à franchir la porte d'entrée. En s'éloignant de la bâtisse, Piper sentit ses forces lui revenir. Elle se glissa sur le siège du conducteur et mit le contact. Au bout de quelques minutes, elle était tout à fait remise.

Sous le choc, Celeste fut prise de violents tremblements. Piper lui prit la main et conduisit en silence jusqu'à ce qu'elles soient sorties de Western Addition. Puis elle s'arrêta devant un fast-food.

— Qu'est-ce que tu dirais d'un petit milk-shake ?

Celeste fit oui de la tête mais, au lieu de sortir du véhicule, elle se jeta dans les bras de Piper en pleurant.

— J'ai eu si peur !

Piper en éprouva une vive émotion. Celeste ressemblait à une petite fille perdue et terrorisée.

— Je sais. (Piper lui passa la main dans les cheveux.) Mais tout est terminé. Tu n'as plus aucune raison d'avoir peur. Je te protégerai. C'est juré.

Celeste s'essuya les yeux.

— Tu crois que Daria est dans cette maison ?

— J'espère bien que non.

Que Daria fût dans la maison ou pas, elle savait que cette histoire était loin d'être terminée. Le démon qui dominait la demeure devait posséder des pouvoirs d'une puissance incroyable et son expérience la conduisait à penser qu'il ne devait pas agir seul. Ils avaient essayé de la capturer, tout comme Celeste. Et Piper n'ignorait pas que les démons ne lâchaient pas facilement leurs proies.

Piper mit ses clés dans sa poche, et sentit le morceau de papier sur lequel Daria avait inscrit l'adresse de Colwood Street. Celeste et Piper avaient failli y laisser leur vie.

Piper frissonna. À quelle sorte de magie cette gamine participait-elle ?

CHAPITRE 9

À la nuit tombée, les adeptes se réunirent de nouveau. Le Maître disposa plusieurs rubans rouges devant lui.

— Les *Charmed* se rapprochent. Un de nos frères vient d'en être la victime. Prisonnier d'un pouvoir magique, il est impossible de le libérer.

Un murmure traversa l'assemblée.

— Ne craignez rien. Il va juste falloir que nous redoublions d'efforts.

Le Maître prit entre ses mains un calice empli de sang et il en versa quelques gouttes sur chacun des rubans. Puis, il les tendit en direction de l'assistance.

— À présent, elles devront vraiment se méfier de nous !

— Prue, c'est vraiment sympa de passer ! dit Adrienne avec un grand sourire. (Avec sa longue robe couleur lavande, brodée de minuscules perles, elle ressemblait à une princesse sortie d'un conte de fées.) Je viens de recevoir une livraison d'une nouvelle société spécialisée dans la botanique. Tu ne vas pas en croire tes yeux !

— Mettre les pieds dans cette boutique est vraiment risqué, plaisanta Prue.

Adrienne en eut le souffle coupé.

— Qu'est-ce... qu'est-ce que tu veux dire par là ?

— Tu as toujours des choses incroyables et, chaque fois, je me laisse tenter.

Adrienne sourit.

— Alors, aujourd'hui, tu vas vraiment être en danger, continua-t-elle. Regarde ça. (Sur l'étagère, derrière elle, Adrienne attrapa un long coffret en bois verni.) Un pur trésor, murmura-t-elle en soulevant le couvercle.

L'intérieur de la boîte était capitonné de velours bleu foncé. Des dizaines de minuscules bouteilles en verre, toutes ornées d'une étiquette faite à la main, y étaient alignées.

Prue toucha délicatement les flacons.

— Ortie, hélianthème, patience jaune, aulne, fausse poudre de licorne, prêle, consoude, bergamote, fenugrec, racine de vie, valériane, armoise... lisait Prue à haute voix. C'est quoi, tous ces trucs ?

— Des teintures et des huiles. Ça fait des années que je cherche à m'en procurer. Je crois que je vais finir par avoir dans cette boutique absolument tout ce que recherchent les adeptes de Wicca.

— C'est ce que j'ai ressenti la première fois que je suis entrée ici. Est-ce que je peux t'acheter de la racine de vie ?

— Bien sûr.

Adrienne sortit la fiole puis l'enveloppa dans un bout de tissu.

— Prue, est-ce que je peux te demander quelque chose ? En tant qu'amie…

Prue lui sourit. Elle ressentit une onde de chaleur l'envahir. Adrienne la considérait donc comme telle !

— Bien évidemment.

— Tu te souviens de la conversation que nous avons eue la dernière fois que tu es passée ici ? Juste avant que les gamines n'entrent ?

Adrienne tendit la teinture à Prue et referma le coffret de bois qu'elle reposa sur l'étagère.

— Je t'ai dit que lorsque j'étais adolescente j'avais découvert que je pouvais léviter. Plus tard, j'ai essayé de développer un autre pouvoir. Un truc qu'il m'arrive de réussir… enfin, parfois.

— De quel pouvoir parles-tu ?

— La télékinésie, lui avoua Adrienne.

Prue sentit un frisson d'excitation l'envahir. Elle avait tant espéré qu'Adrienne reviendrait sur le sujet. Était-elle, elle aussi, une sorcière qui possédait le même pouvoir qu'elle ? Prue jeta un coup d'œil à sa montre. Elle avait un rendez-vous dans quelques minutes, mais elle ne voulait pas manquer ça.

— Je ne peux pas rester très longtemps…

— Je vais essayer d'être rapide. C'est tout nouveau pour moi et ça ne marche pas à tous les coups. Je vais commencer avec… (elle posa une améthyste sur le comptoir)… ça.

Adrienne fixa intensément des yeux le morceau de quartz violet. Prue pouvait sentir à quel point elle se concentrait sur l'énergie qui montait en elle, sans quitter la pierre des yeux. Mais elle ne bougea pas d'un pouce.

Adrienne prit une profonde inspiration. Prue ne put résister davantage. Elle fit appel à son propre pouvoir et l'améthyste se déplaça de quelques centimètres.

Le visage d'Adrienne s'illumina.

— Je n'arrive pas à y croire. Je l'ai ! Je possède ce pouvoir !

— Tu l'as, c'est certain, confirma Prue. Bon, il faut absolument que j'y aille. On se voit plus tard ?

— Oh oui ! je veux bien, répondit Adrienne.

Prue sortit de la boutique en souriant. Pour une fois, elle était ravie d'être une sorcière. C'était amusant d'aider une amie.

En chantonnant, Prue sortit de son emballage le flacon qu'elle avait acheté au *Full Moon*. Elle le posa sur la cheminée du salon, puis fit un pas en arrière pour admirer quel effet il produisait. C'était parfait. Le bleu du flacon s'harmonisait bien avec le décor de la pièce.

Tout comme l'amitié que j'ai liée avec Adrienne, se dit Prue. Ça lui faisait un bien énorme de connaître quelqu'un avec qui elle avait des atomes crochus.

Alors que Prue froissait le sac en papier du *Full Moon*, quelque chose s'en échappa. Elle se baissa pour le ramasser : il s'agissait d'un petit ruban en satin rouge noué en son milieu. Ça devait servir à Adrienne pour faire les paquets-cadeaux. Elle le remit dans le sac.

— Prue !

C'était la voix de Piper qui lui parvenait depuis l'entrée.

— Je suis là, lui répondit Prue.

La porte du salon s'ouvrit.

— Hé, je…

Prue s'arrêta net. Le flacon vacillait. Il allait tomber de la cheminée ! Elle concentra son énergie afin de l'immobiliser. Trop tard ! La fiole s'écrasa sur le sol et se brisa.

— C'est moi qui ai fait ça ? s'écria Piper. Oh ! je suis vraiment désolée.

Prue fronça les sourcils. C'était très étrange. Pourquoi n'avait-elle pas réussi à stopper la chute du flacon ? Elle avait dû être distraite par l'entrée de sa sœur dans la pièce.

— Prue ? Je suis navrée. Je ne sais pas quel objet c'était, mais je t'en achèterai un autre.

— Non, ce n'est pas grave. Je l'avais posé trop près du bord.

Prue se rendit dans la cuisine pour y chercher un balai et une pelle. Elle essayait de ne pas prendre cet incident au sérieux, mais elle ne pouvait pourtant s'empêcher de se poser des questions. Son pouvoir ne l'avait encore jamais trahie. Pourquoi, cette fois-ci, n'avait-il pas marché ?

CHAPITRE 10

Phoebe ferma son parapluie et pénétra dans le *Toscana*. De l'extérieur, le restaurant ne se distinguait pas des autres immeubles en brique de l'Embarcadero, la promenade qui longeait le bord de mer à l'est de la ville. En revanche, à l'intérieur, les murs étaient recouverts d'une peinture dont la couleur rappelait les vieux parchemins, et le sol était pavé de tomettes rouge sombre. Un feu flambait dans une cheminée en pierre, des assiettes en porcelaine d'Italie peintes à la main étaient accrochées aux murs.

— *Buona sera, signorina*, la salua le maître d'hôtel. Vous êtes seule ?

— Non, j'ai rendez-vous avec M. Kenji Yamada.

— Suivez-moi.

Il l'accompagna jusqu'à une petite salle qui donnait sur un jardin regorgeant de plantes vertes et de fleurs de toutes les couleurs.

Kenji se leva lorsqu'elle s'approcha de la table.

— J'espérais que l'on aurait pu dîner dehors, mais avec ce temps…

— C'est parfait. J'ai l'impression d'être dans une superbe maison de campagne italienne.

Le serveur leur apporta la carte, du pain frais, ainsi qu'une petite fiole d'huile d'olive.

— Tu es très belle, lui dit Kenji dès qu'ils furent seuls.

La jeune femme sourit. Elle avait essayé six tenues différentes avant de se décider pour une longue robe en velours rouge foncé aux manches évasées. D'habitude, Phoebe préférait les robes courtes près du corps. Mais cette fois, c'était différent. À en juger par le regard de Kenji, elle avait dû faire le bon choix.

— Tu es vraiment très séduisante.

Il offrit à Phoebe une superbe rose rouge, entourée d'un petit ruban de satin de la même couleur.

— Oh ! Elle est superbe ! dit-elle. Merci !

Leurs regards se croisèrent et elle sentit une onde de plaisir l'envahir. Il semblait avoir attendu ce moment avec autant d'impatience qu'elle.

Phoebe passa doucement la main sur sa joue.

— Tes bleus sont presque partis, lui fit-elle remarquer.

Il sourit.

— Ça commence à aller mieux.

— Alors, tu ne regrettes pas d'avoir participé à ce tournoi ?

— Oh non ! Sensei Towers m'a d'ailleurs autorisé à suivre des cours dans les niveaux supérieurs. (Il haussa les épaules.) En plus, ça m'a aidé à comprendre que j'aime les défis.

Phoebe ressentait la même chose depuis que ses sœurs et elle avaient pris conscience de leurs pouvoirs.

— Moi, je préfère ne pas être confrontée à ce genre de situation.

Kenji eut l'air surpris.

— Qu'est-ce que tu veux dire ? Tu as l'habitude de te mettre dans des situations embarrassantes ?

— Non, je parle seulement du karaté, répondit-elle vivement. Pour l'instant, ça me plaît, mais combattre m'effraie un peu.

— Je n'aime pas spécialement ça non plus, avoua Kenji. Trop de gens se dirigent vers les arts martiaux parce qu'ils sont agressifs.

Phoebe acquiesça, en se disant qu'il en était de même pour ceux qui décidaient d'entrer dans le monde des ténèbres.

— En fait, j'aime surtout les sensations que je ressens lorsque je m'entraîne, lui expliqua Kenji.

Kenji portait une chemise blanc cassé sans col et un pantalon kaki. Les manches relevées de sa chemise découvraient des avant-bras musclés et bronzés. Phoebe était ravie : il était superbe.

Le serveur vint prendre la commande. Phoebe choisit une polenta aux champignons grillés et Kenji des pâtes avec une sauce aux asperges.

— Parle-moi de toi, dit Kenji. Dis-moi tout. Pour l'instant, je sais seulement que tu as vécu à New

York, que tu es revenue à la maison et... (il se pencha au-dessus de la table)... que tu embrasses exceptionnellement bien.

— Eh bien, en fait... je suis en train de me chercher. Je ne sais toujours pas quoi faire de ma vie. Mes deux sœurs ont trouvé leur voie : Prue travaille chez un commissaire-priseur, Piper vient d'ouvrir un club branché. Quant à moi, j'en suis toujours à me demander ce que je ferai quand je serai grande.

Kenji lui prit tendrement les mains.

— J'ai comme l'impression que ça te perturbe.

— Non, pas vraiment. Mais Prue, ma sœur aînée, me pousse à trouver un travail fixe.

Kenji claqua des doigts.

— J'ai trouvé ! Pourquoi pas des études d'ingénieur ?

Phoebe éclata de rire.

— Impossible ! En plus, Prue serait capable d'être d'accord.

— Elle est drôlement sévère, ta sœur, lui fit remarquer Kenji.

Phoebe inclina la tête et cala son menton dans la paume de sa main. C'était si facile de parler avec Kenji... Elle réfléchit un moment sur ses relations avec Prue ; bien sûr, elles n'étaient pas toujours simples.

— Nous sommes très différentes l'une de l'autre. Et puis, vivre sous le même toit provoque quelques... tensions. Cela dit, nous nous aimons beaucoup, se hâta-t-elle d'ajouter.

Kenji lui sourit.

— Je suis pressé de faire leur connaissance.

— Tu es certain d'être prêt pour ça ? lui demanda Phoebe sur le ton de la plaisanterie.

— Phoebe, j'ai vraiment envie de te connaître mieux. Il faut donc que je rencontre ta famille. De plus, je suis persuadé que se retrouver face aux trois sœurs Halliwell doit être une expérience très intéressante.

Les plats arrivèrent et la conversation tourna autour de la qualité du repas et de leurs goûts en matière de cuisine. Lorsque le serveur leur tendit la carte des desserts, Phoebe poussa un gémissement :

— Non, merci, je n'en peux plus.

— Moi non plus, ajouta Kenji avant de demander l'addition.

Phoebe était un peu déçue. Ils n'allaient quand même pas se quitter tout de suite !... Elle aurait dû commander un soufflé au chocolat ; ça prend un temps fou à préparer.

— J'ai une idée. (Kenji tourna la tête vers la porte-fenêtre.) La pluie a l'air de s'être arrêtée. Si on allait faire une petite balade ?

Phoebe et Kenji flânèrent le long de l'Embarcadero. Le fond de l'air était frais, le ciel à nouveau dégagé.

— Phoebe, il y a...

Kenji s'immobilisa, prit la main de Phoebe et l'attira contre lui.

— Phoebe, il y a quelque chose que je veux te dire depuis le début de la soirée.

Le cœur de Phoebe se mit à battre.

— De quoi s'agit-il ?

— Je veux juste savoir... (Il marqua une pause, comme s'il cherchait les mots justes.) Je te trouve élégante, drôle et si belle que tu es en train de me rendre fou.

Phoebe regarda Kenji avec intensité. Elle cherchait dans ses yeux ce qui aurait pu ressembler à une lueur de mensonge, voire de tromperie. Comment était-il possible qu'un aussi bel homme puisse penser ce qu'il venait de lui dire ?

— Tu ne me crois pas, lui dit Kenji d'une voix douce.

— Je... je n'ose pas, lui avoua Phoebe.

Kenji la prit dans ses bras.

— Il est peut-être temps que tu te détendes, murmura-t-il d'une voix rauque.

Phoebe sentait l'odeur boisée de son parfum. Ils restèrent un long moment enlacés. Puis il lui caressa la joue. Un frisson parcourut Phoebe lorsque leurs lèvres se rencontrèrent. Leur baiser était passionné, comme si aucun des deux n'avait envie qu'il se termine.

— Tu ne crois toujours pas à mon amour ? demanda Kenji.

— D'accord. Je te crois.

— Et si on allait à la maison ? lui proposa-t-il.

— Tu veux dire chez toi ?

Il acquiesça :

— On aura dix mètres carrés à nous.

Phoebe éclata de rire.

— C'est tentant. (Elle ferma les yeux.) Mais je ne peux pas.

— Qu'est-ce que tu veux dire ? Phoebe, regarde-moi. Qu'est-ce qu'il se passe ?

Phoebe rencontra le regard étonné de Kenji. Elle vit qu'il était troublé et s'en voulait d'en être la cause.

— Tout va bien, lui expliqua-t-elle. Et c'est pourquoi je ne peux pas.

Kenji fronça les sourcils :

— Kenji, je ne peux pas, parce que je me sens très bien avec toi. Je ne veux pas d'une aventure sans lendemain.

— C'est donc de ça que tu as peur ? murmura-t-il gentiment.

Phoebe le lui confirma d'un signe de tête.

— Comment peux-tu savoir que ça risque de finir de cette façon ? Tu lis dans l'avenir ?

Le visage de Phoebe se contracta. Qu'est-ce que Kenji voulait dire par là ? Avait-il un doute sur son pouvoir ? Elle le regarda à nouveau dans les yeux. Son regard était chaleureux et tendre. Non, c'était impossible.

— Je ne veux pas disparaître de ta vie, le rassura-t-elle. J'ai juste besoin d'un peu de temps.

— D'accord. (Il la prit de nouveau dans ses bras.) De toute façon, je ne vais pas te laisser partir aussi facilement. (Il effleura le ruban qui entourait la rose.) Tôt au tard, Phoebe, tu seras complètement sous mon charme.

Un parfum doux et capiteux montait du chaudron suspendu dans l'âtre. Le Maître alluma les deux candélabres à trois branches, puis se dirigea vers l'autel. Il commença à réciter des incantations en latin, reprises en chœur par les disciples.

Le grand cristal suspendu au-dessus d'eux se mit à briller et, bien que les fenêtres soient obstruées par des planches et que la porte soit fermée, un vent violent se mit à souffler dans la pièce. Les flammes des bougies tremblaient, faisant danser sur les murs les ombres de monstrueuses créatures.

Le Maître prit la parole :

— Je suis heureux de vous annoncer que nous avons progressé dans notre combat contre les *Charmed.* Nous avons découvert que l'une d'entre elles est capable d'arrêter le temps. C'est de cette façon qu'elle a pu se jouer de notre frère.

Un murmure parcourut l'assistance.

Deux silhouettes vêtues de soutanes noires s'avancèrent lentement vers lui.

— Alors, Kenji ? s'enquit le Maître.

Le jeune homme s'agenouilla devant lui.

— Je crois que la plus jeune, Phoebe, prédit l'avenir. Mais je pense qu'elle ne contrôle pas complètement ses visions.

Le Maître se tourna ensuite vers Adrienne.

— Et toi ?

— Prue, la sœur aînée, a le pouvoir de télékinésie. Elle m'en a fait une démonstration à la boutique.

— Vous avez fait un excellent travail !

Il leur fit signe de rejoindre les autres fidèles.

— Lorsqu'elles sont toutes les trois ensemble, ces sorcières sont très fortes, mais pas invincibles, déclara le Maître. Nous possédons le cristal. Ainsi que la force combinée de tous les membres de cette assemblée. Enfin, nous détenons le talisman rouge. Mes frères, mes sœurs, nous allons les détruire !

— Attendez ! l'interrompit Adrienne.

— Qu'y a-t-il ? cria le Maître.

— N'y a-t-il pas un autre moyen de s'occuper des *Charmed* ?

— Lequel ? aboya-t-il.

Adrienne blêmit, mais continua :

— Pourquoi devons-nous les tuer ? Leurs pouvoirs ne nous suffisent donc pas ?

— Parce que, mon innocente petite biche, dit le Maître, si nous les laissons en vie, rien ne les empêchera de les reconquérir.

Le Maître leva les bras.

— Les *Charmed* doivent être éliminées ! hurla-t-il. Éliminées !

CHAPITRE 11

Le lendemain, au crépuscule, Prue flânait sur la 24e Rue, portant à la main un cabas. La plupart des boutiques étaient sur le point de fermer, néanmoins, la rue demeurait très animée : des gens sortant du travail se hâtaient de rentrer chez eux, d'autres s'arrêtaient dans les épiceries faire quelques courses pour le dîner et certains faisaient déjà la queue devant les restaurants branchés de Noe Valley.

Prue voulait rentrer rapidement à la maison afin d'emballer le cadeau qu'elle venait d'acheter pour Phoebe, avant que celle-ci ne rentre de son cours de karaté. Elle était contente de son acquisition : un sachet d'*Herba euphrasia*, qu'elle avait remarqué la veille au *Full Moon,* ainsi qu'un joli pot en céramique bleue fait à la main. Elle avait consulté *Le Livre des Ombres* pour y trouver des renseignements sur cette plante.

« En la faisant infuser avec du thé, elle permettra d'obtenir un sommeil apaisant, et de mieux lire dans l'avenir », était-il écrit. Cela lui semblait être le cadeau idéal pour que Phoebe et elle fassent la paix.

Non pas que les deux sœurs se soient récemment disputées, mais il y avait toujours des moments de tension entre elles. Et c'étaient ces petits moments que Prue voulait effacer.

Certes, elles ne voyaient pas la vie de la même façon, surtout en ce qui concernait le travail. Mais depuis qu'elles avaient découvert leurs pouvoirs, Prue éprouvait beaucoup plus de respect pour sa plus jeune sœur. Phoebe avait été la première à prendre au sérieux *Le Livre des Ombres*. Avec beaucoup de patience, c'était elle qui leur avait fait prendre conscience qu'elles étaient des sorcières.

Prue espérait que sa sœur apprécierait le cadeau. Soudain, elle fut prise d'un doute. Pourvu qu'Adrienne ne se soit pas trompée ! Elle jeta un coup d'œil dans le cabas pour vérifier son achat et se reprocha aussitôt son geste. Il fallait qu'elle cesse de se montrer aussi méfiante et qu'elle ne perde pas de vue qu'Adrienne était son amie !

Quelque chose dans le sac attira son regard. C'était étrange. Elle en sortit un ruban rouge noué en son milieu. C'était la seconde fois qu'elle en trouvait un. Comment était-il arrivé là ?

Elle traversa la rue sans quitter des yeux sa découverte. Un klaxon retentit, lui faisant relever la tête. Un gros 4 x 4 fonçait sur elle à toute allure ! Elle se servit de son pouvoir pour arrêter le véhicule, tout en priant de ne pas être à l'origine d'un carambolage.

Mais rien ne se produisit et Prue se figea en voyant la voiture arriver droit sur elle !

Elle hurla de terreur tandis qu'une main ferme l'attrapait par le poignet pour la tirer en arrière.

Prue et son sauveteur tombèrent sur le trottoir. Quand elle leva la tête, elle vit un adolescent à côté d'elle.

— Ça va ? lui demanda-t-il.

— Je... je crois, bégaya Prue.

— Il a failli vous écraser. Pourquoi vous ne vous êtes pas écartée ?

— Je... j'étais distraite, marmonna Prue.

Elle s'assit, encore sous le choc. Elle avait quelques égratignures au bras, mais elle s'en sortait bien. Elle regarda dans le sac : la coupe en céramique était encore en un seul morceau.

Pourtant, en son for intérieur, elle sentait que quelque chose venait de se briser. Elle était saine et sauve, mais elle n'avait jamais eu aussi peur de sa vie. Son pouvoir ne l'avait jamais lâchée auparavant.

Son sauveteur se releva, puis lui tendit la main pour l'aider à se mettre debout. Prue lui devait une fière chandelle.

— Merci. Vous m'avez sauvé la vie.

Le garçon rougit jusqu'aux oreilles.

— Je vous en prie. Mais la prochaine fois, faites attention.

— C'est promis.

Elle entra dans un café et commanda une tasse de camomille. Elle ne se sentait pas capable de conduire tout de suite.

Pourquoi n'avait-elle pas réussi à immobiliser le véhicule ? Il fallait qu'elle comprenne pourquoi, puisqu'elle avait utilisé son pouvoir, le 4 x 4 lui avait quand même foncé dessus.

Elle sentit la peur l'envahir. Elle tremblait tellement qu'elle dut reposer sa boisson pour éviter de la renverser. Elle ne saisissait vraiment pas pourquoi son pouvoir s'était retourné contre elle.

Ce soir-là, lorsque Sensei Towers termina son cours, Phoebe était épuisée. Elle avait reçu un coup pendant l'entraînement, et ressentait une douleur à la cage thoracique. Elle était la dernière à quitter le tatami et se dirigeait vers le vestiaire des femmes en se frottant le côté.

— Hé ! Tu es sur la liste des blessés ?

Elle leva les yeux et vit Kenji, debout devant la porte du vestiaire des hommes. Phoebe savait qu'il était passé dans un cours supérieur au sien. Cela faisait deux jours qu'elle ne l'avait pas vu, depuis qu'elle avait pris la décision de ne pas aller chez lui. Elle se demandait encore s'il avait vraiment compris son choix.

— Je pense que je vais survivre, lui dit-elle sur un ton léger. C'est juste une petite douleur.

— J'ai vu le coup que tu as reçu. Si tu veux, je te montrerai comment contrer ce genre d'attaque.

— C'est une bonne idée. J'ai une certaine affection pour mes côtes, ça m'embêterait de les abîmer.

— Moi aussi, j'y tiens, lui répondit Kenji en lui souriant.

Phoebe se détendit immédiatement. Tout allait bien.

— Dans mon casier, j'ai un onguent très efficace pour les contusions, continua-t-il. Attends-moi une seconde, je vais le chercher.

— D'accord.

Phoebe le regarda disparaître. Elle se dit que ce garçon était vraiment sympa et doux. Peu après, Kenji lui tendait un tube de crème.

— Tu t'en passes plusieurs fois par jour. Ça calme la douleur et fait disparaître les bleus plus vite.

— Bien, docteur, le taquina-t-elle.

— Et rappelle-moi dans la matinée, ajouta-t-il.

— Ben d'accord… je veux bien, mais je n'ai pas ton numéro.

— Aïe ! J'aurais dû te le donner, mais là… mon cours va commencer dans cinq minutes et il faut que je fasse des étirements et quelques *katas*. Et si on sortait ensemble demain soir ?

Phoebe lui fit une moue moqueuse.

— Il va falloir que je demande à ma secrétaire de regarder dans mon agenda, dit-elle sur un ton très sérieux. Je pense que ça ne posera pas de problème.

— Super ! On se retrouve ici à sept heures et on verra ce qu'on a envie de faire.

Kenji lui fit un rapide baiser sur les lèvres, puis partit s'échauffer.

C'est sur un petit nuage que Phoebe partit se changer. Elle se regarda dans le miroir : avec son *gi* trempé de sueur et ses cheveux plaqués sur le front, elle n'était pas à son avantage. Pourtant, Kenji lui avait encore demandé de sortir avec lui. C'était trop beau pour être vrai !

Phoebe retira son *gi* et massa avec la crème le côté qui lui faisait mal. Elle finit de s'habiller, mit son *gi* dans son sac, et se brossa les cheveux.

Lorsqu'elle ressortit du vestiaire des femmes, Kenji était seul. Il exécuta une figure parfaite, puis se déplaça lentement pour enchaîner une série de coups. Il était tellement concentré qu'il ne se rendit pas compte de sa présence.

Tant pis, pensa-t-elle. *Je ne suis pas son seul centre d'intérêt.*

Phoebe salua avant de sortir du dojo, puis courut jusqu'à sa voiture. Elle prit place derrière le volant et posa son sac de sport à côté d'elle. C'est à cet instant qu'elle remarqua quelque chose qui en dépassait.

Un ruban rouge avec un nœud en son milieu... *C'est étrange*, se dit-elle. Il s'était peut-être détaché de la rose que Kenji lui avait offerte et était tombé dans ses affaires quand elle était partie de chez elle.

Phoebe haussa les épaules et rangea le bout de tissu dans son sac. Ses doigts saisirent par hasard la crème homéopathique de Kenji. Elle fit un bond et des éclairs l'aveuglèrent. Une vision allait la submerger, des images se mettaient à flotter devant elle.

Elle est seule avec Kenji dans le dojo. Tous les deux portent leur *gi* blanc. Elle l'embrasse, juste comme elle venait de le faire dix minutes auparavant. Elle se rhabille, puis quitte les lieux.

Kenji s'entraîne. Il est si absorbé par ce qu'il fait qu'il ne se rend pas compte de la présence d'un homme. De grande taille, vêtu d'une robe noire, il brandit un couteau et plonge sur Kenji.

Puis plus rien.

— Non ! hurla Phoebe.

Elle se rua hors de la voiture et retourna dans la salle d'entraînement. Sa côte blessée la faisait souffrir mais, qu'importe, il fallait qu'elle trouve son ami.

Son cœur battait à tout rompre.

— Kenji ? cria-t-elle.

La pièce était vide.

Tout semblait trop tranquille. C'est à ce moment qu'elle aperçut une silhouette dans un miroir. L'homme de sa vision s'avançait vers elle. Elle ne pouvait voir son visage dissimulé par sa cagoule, mais le couteau qu'il tenait était terrifiant.

Prise de panique, elle se montra incapable de se souvenir du moindre mouvement de karaté qu'elle connaissait. Alors qu'elle se précipitait vers la porte en hurlant, son agresseur se saisit de la capuche de son sweat-shirt et tira dessus pour l'attirer à lui. Étouffant, elle porta ses mains à sa gorge. Ses genoux se dérobèrent sous elle et elle s'écroula sur le sol.

Phoebe toussa et cracha, essayant de reprendre sa respiration. Elle leva les yeux et vit l'homme lever son arme. Sur le point de l'abaisser, il entendit derrière lui un hurlement qui le paralysa.

Sensei Towers se jeta sur lui, bloquant le bras qui tenait le couteau, et lui assena un violent coup de pied dans le coude. Phoebe entendit un horrible craquement. Son agresseur poussa un cri de souffrance, lâcha le poignard et prit ses jambes à son cou. Sensei fit un geste pour le rattraper, puis se ravisa. Il était trop tard.

— Phoebe !

Il s'agenouilla à côté d'elle.

— Ça va ? Tu es blessée ? demanda le professeur.

— Non. Vous l'avez arrêté juste à temps.

— Tu sembles aller bien. Est-ce que je peux te laisser une minute pour appeler la police ?

Phoebe lui fit un signe de tête affirmatif et se leva. Elle s'appuya lourdement contre le mur le plus proche. Elle avait failli se faire tuer par un démon. Oui, elle était à peu près certaine qu'il s'agissait bien d'un démon.

Elle frissonna, réalisant que la période d'accalmie était terminée. Mais ce qui l'effrayait le plus, c'est que, pour la première fois, sa vision s'était révélée fausse.

Pour une raison ou une autre, quelque chose avait détraqué son pouvoir.

CHAPITRE 12

Comme tous les lundis après-midi, Piper effectuait son inventaire dans la réserve lorsqu'elle entendit frapper à la porte qui était ouverte. Elle leva les yeux de son bloc-notes et vit Celeste, plantée devant elle, ses yeux bleu pâle voilés par un regard triste.

— Celeste ! Ça va ? s'enquit Piper.

— Je survis, répondit la gamine.

Piper posa son calepin.

— Tu as envie d'une limonade ?

— Volontiers.

Elles s'assirent à une table.

— J'ai l'impression que tu n'as pas dû dormir beaucoup la nuit dernière, lui fit remarquer Piper.

— C'est vrai. Je n'ai pas arrêté de penser à ce qu'il nous est arrivé, admit-elle.

Piper sentit sa gorge se serrer.

— De quoi te souviens-tu ?

— Je me souviens d'être rentrée toute seule dans la maison et d'avoir monté l'escalier. Ensuite, de quelqu'un en soutane avec une cagoule et d'une horrible lumière verte. Après, j'ai un trou de mémoire. Je sais juste que l'on est sorties ensemble.

Piper se sentit un peu soulagée.

— Qu'est-ce qu'il s'est passé depuis ? Tu es sûre que tu vas bien ?

— Oui. Enfin, je crois. En fait, je suis inquiète. Quand Daria est rentrée la nuit dernière, elle était très bizarre. Un peu comme si… elle était possédée.

Celeste repoussa son verre de limonade.

— Après, elle m'a montré un couteau en me disant que si je dormais dans la même chambre qu'elle, elle me tuerait. C'est pour ça que je suis ici.

— Quoi ? (Piper faillit s'étrangler.) Mais où as-tu dormi la nuit dernière ?

— Sur un banc du réfectoire. C'est la seule salle qui soit ouverte toute la nuit.

— Tu en as parlé à M. Morgan ?

Celeste roula des yeux effrayés.

— Ça ne servirait à rien. Daria nierait tout.

— Tu veux que je parle avec lui pour voir s'il ne peut pas te donner une autre chambre ?

— Le centre est plein, répondit Celeste d'un ton las. Et même s'il me trouve une chambre, il va falloir que quelqu'un d'autre se retrouve avec Daria.

Après un moment de réflexion, Piper réalisa qu'il n'y avait qu'une seule solution.

— Celeste, aimerais-tu rester à la maison pendant quelque temps ?

L'adolescente lui jeta un regard circonspect.

— Mais, et tes sœurs ?...

— Mes sœurs comprendront, assura Piper.

Les yeux baissés sur la table, Celeste traçait des dessins avec un doigt.

— Celeste, tu ne peux pas rester au centre si tu ne t'y sens pas en sécurité.

La jeune fille redressa la tête.

— L'accueil n'a pas été des plus chaleureux la première fois que je suis venue chez toi.

— Et si j'en parle à mes sœurs et qu'elles acceptent, tu viendras ?

Celeste lui adressa un sourire désabusé.

— Ouais, c'est ça. Et t'as quoi encore à me sortir de ton chapeau ?

Piper ignora la raillerie.

— Je vais immédiatement appeler à la maison. (Elle composa le numéro et, après trois sonneries, raccrocha.) Il n'y a personne.

Celeste se leva.

— Je serai très bien au centre. Je ne suis pas si mal dans le réfectoire.

— Écoute-moi. Demain, lorsque j'aurai parlé à mes sœurs, je passerai te prendre. Tu vas habiter chez nous.

Celeste enlaça Piper.

— J'espère, gémit-elle.

Profondément troublée, Piper retourna dans la réserve. Tout d'abord, il fallait prévenir M. Morgan et lui raconter ce qu'il se passait avec Daria. Il trouverait un endroit sûr à Celeste — au moins pour la nuit suivante. Puis Piper lui demanderait l'autorisation d'accueillir l'adolescente chez elle pendant quelque temps. Il fallait qu'elle remette la main sur les coordonnées du centre et téléphone immédiatement à M. Morgan.

Piper fouilla dans son sac à main, à la recherche d'une carte de visite, lorsque ses doigts effleurèrent un bout d'étoffe.

Quelle ne fut pas sa surprise en découvrant un ruban rouge, noué en son milieu. D'où cela pouvait-il bien provenir ?

Soudain, elle perçut une vibration sourde derrière elle et, en se retournant, vit une grande étagère métallique, encombrée de boîtes de conserve, qui vacillait. Stupéfaite, Piper tendit les mains en avant — geste qui, d'habitude, lui permettait d'arrêter le temps.

Mais cela n'eut aucun effet. Piper se sentit clouée sur place, incapable de réagir. Elle hurla tandis que les lourdes boîtes étaient projetées à terre.

— Piper !

Joey, l'aide-serveur, se jeta en avant et la poussa violemment, hors de la trajectoire de l'étagère. Il pivota, releva le meuble et le replaça contre le mur.

— Ce truc n'est pas stable. Nous devrions mettre moins de choses dessus.

— Tu as sans doute raison, lui répondit Piper d'une voix blanche.

Joey continuait de parler, mais Piper l'entendait à peine. Elle essaya de nouveau d'arrêter le temps, se concentrant pour activer ses pouvoirs. Une fois de plus, rien ne se passa. Et, l'espace d'une seconde, Piper se sentit de nouveau figée sur place.

Que m'arrive-t-il ? Mon pouvoir a-t-il disparu ? Pourquoi ne fonctionne-t-il plus ?

CHAPITRE 13

Le mardi matin, Prue téléphona chez Buckland pour prévenir qu'elle était malade. Les derniers événements l'obligeaient à rester à la maison. Il fallait absolument que les trois sœurs se réunissent.

Elle pénétra dans le salon avec un plateau sur lequel elle avait placé des tasses à café. Elle se servit.

Phoebe sortit de la cuisine quelques secondes plus tard, avec un bol de muesli et un beignet. Piper la suivait, apportant une salade de fruits, des cuillères, ainsi que trois bols.

— Tu trouves que le muesli et le beignet se marient bien ? demanda Piper avec une moue dégoûtée.

— Ça m'est égal.

— Bon, assez parlé du petit déjeuner, coupa Prue. Il faut que je vous dise quelque chose.

— Hum… moi aussi, il y a un sujet que je voudrais bien aborder, déclara Piper d'un ton sinistre.

Phoebe tressaillit.

— Pourquoi est-ce que j'ai le sentiment que la réunion du jour devrait s'appeler : « Gros ennuis » ? Avec un G majuscule, de préférence...

— Tu as raison, lui dit Prue. J'ai failli me faire écraser hier. Je traversais la rue sans faire attention, quand j'ai vu soudain un 4 x 4 qui se dirigeait droit sur moi. Plus j'essayais d'utiliser mes pouvoirs pour le faire reculer, plus il se rapprochait de moi.

— Ô mon Dieu ! s'exclama Piper. Hier, j'ai failli me faire fracasser le crâne par une étagère remplie de grosses boîtes de conserve. Mes pouvoirs n'ont pas marché. Au lieu de geler le temps, j'ai eu l'impression de me figer moi-même.

Phoebe était abasourdie.

— Je pensais que ça n'était arrivé qu'à moi !

— Laisse-moi deviner ! s'écria Prue. Tu as eu une vision et elle ne s'est pas réalisée ?

— Pas exactement, expliqua Phoebe. Hier soir, j'ai eu une vision. J'ai vu Kenji se faire attaquer dans le dojo.

— Qui est Kenji ? demanda Prue.

Piper et Phoebe échangèrent un bref coup d'œil.

— Un garçon. Un garçon que j'aime bien. Enfin, peu importe, continua Phoebe. Je suis retournée en courant dans la salle de sport. Kenji n'était pas là. En revanche, c'est moi qui me suis fait agresser par le type de ma vision. Heureusement, Sensei Towers est venu à mon secours. Mais ça a vraiment failli mal tourner.

— Il est clair que des démons sont derrière tout ça, dit Piper.

— Au moins, l'un d'entre eux a un bras cassé, poursuivit Phoebe avec satisfaction.

— Attends… il existe un point commun, dit Prue. Non seulement nos pouvoirs ne fonctionnent pas, mais ils semblent s'être inversés.

— En fait, comme si on nous avait jeté un sort, fit remarquer Phoebe, en picorant dans la salade de fruits.

— C'est peut-être le soir où vous êtes passées au club. Rappelez-vous : j'ai vu quelqu'un derrière la vitrine, suggéra Piper.

Prue secoua la tête.

— Nous n'en sommes toujours pas certaines, fit-elle remarquer. En plus, c'était la semaine dernière. Nos problèmes sont beaucoup plus récents. Je pense que l'on nous a ensorcelées il y a deux jours.

— Je crois savoir comment tout cela a commencé. J'ai rencontré un démon, avoua Piper.

Prue écouta Piper leur faire le récit de l'épisode de la maison de Colwood Street avec un mélange d'intérêt et d'indignation.

— Et quand est-ce arrivé ? demanda-t-elle d'un ton cinglant.

— Vendredi, répondit Piper.

— Et tu comptais nous en parler quand ? Piper, il faut absolument que nous nous serrions les coudes.

— Je le sais. Je ne vous en ai pas parlé parce que je savais très bien que vous alliez encore me faire toute une scène à propos de mon engagement avec le *Sunrise Center*. D'autre part, Celeste a besoin de moi, sans doute encore plus que d'habitude.

— Et comment comptes-tu l'aider si tu ne peux même plus te servir de tes pouvoirs ? lui demanda doucement Prue.

— Je ne sais pas. (Piper se cala dans le fond du canapé.) Tout ce que je peux vous dire, c'est que Daria pratique la magie noire. Et qu'elle menace Celeste. Je veux qu'elle s'installe chez nous un moment.

— Tu veux *quoi* ? éclata Prue. Piper, tu as perdu la tête ! Je n'arrive pas à croire que tu puisses avoir une aussi mauvaise idée.

— Prue a raison, renchérit Phoebe. Ce n'est vraiment pas le moment d'accueillir quelqu'un chez nous.

— Écoute, je ne sais plus quoi faire, reconnut Piper.

Prue se leva et se mit à arpenter le salon.

— D'accord, dit-elle en essayant de se calmer. Mettons pour l'instant de côté le cas de Celeste. Il faut tout d'abord que nous trouvions le moyen de contrôler la situation avant de nous faire anéantir.

— Bonne idée, approuva Phoebe.

— Trouvons qui nous attaque et la manière dont nous allons nous défendre, continua Prue. (Elle ne lâchait pas Piper des yeux.) Si Daria côtoie les milieux satanistes, c'est peut-être elle qui est derrière tout ça.

— Aurait-elle pu nous lancer un sort ou cacher quelque chose dans la maison le jour où elle est venue ici ? demanda Phoebe.

— C'est possible, fut obligée de reconnaître Piper. Mais quoi ?

Après quelques minutes de réflexion, Piper gémit :

— Au centre, j'ai vu une poupée de cire dans le tiroir de Daria. (Piper marqua une pause.) Mais nous n'avons rien trouvé ici.

— Attends une minute ! (Phoebe se redressa, tout excitée.) Hier, juste avant ma vision, j'ai trouvé quelque chose dans ma voiture. Un ruban rouge avec un nœud en son milieu. J'ai cru qu'il provenait de la rose que m'avait offerte Kenji, mais quand je suis rentrée à la maison, je me suis aperçue que ce n'était pas le cas.

Prue fut parcourue de frissons. Elle s'immobilisa.

— J'en ai également trouvé un, avoua-t-elle. Quand j'ai failli me faire écraser. Il était dans un sachet du *Full Moon*.

— Le mien se trouvait dans mon sac à main. (Piper soupira.) Je l'ai découvert quelques minutes avant que l'étagère ne s'écroule.

Prue synthétisait les informations dans sa tête. Quelque chose ne collait pas. Daria ne pouvait être tenue pour responsable : elle ne se trouvait pas au *Full Moon* et ne connaissait pas la voiture de Phoebe. Quelqu'un d'autre tirait les ficelles.

Piper passa la main dans ses longs cheveux bruns.

— Daria a peut-être quelque chose à voir avec tout ça, admit-elle. Mais, quand je songe à ce qu'il s'est passé dans la maison de Colwood Street, je ne peux m'empêcher de penser qu'une gamine de treize ans n'a pas des pouvoirs aussi puissants.

— Je suis d'accord, dit Prue. Il faut absolument que nous trouvions un lien entre ces trois histoires. Mis à part les rubans, nous n'avons rien. Vous avez toujours les vôtres ?

Piper haussa les épaules.

— J'ai immédiatement jeté le mien.

— Je l'ai cherché partout, dit Phoebe. Il avait disparu.

— Je ne sais pas ce que j'en ai fait, dit Prue. Je pense que je l'ai perdu lorsque mon sauveteur m'a poussée. Je crois que nous sommes bonnes pour une consultation du *Livre des Ombres*. Nous y trouverons peut-être quelque chose à propos de l'inversion des pouvoirs.

Phoebe monta dans le grenier pour aller le chercher.

Prue se tourna vers Piper. Son visage était livide. *Il faut que je me montre plus gentille avec elle*, pensa Prue.

— Ça va ? demanda-t-elle.

Piper se mordit les lèvres.

— Je suis désolée, dit-elle d'une voix tremblante. Phoebe et toi, vous avez raison. Ç'a été une folie de ma part de croire que je pouvais aider ces adolescentes. Mais ce n'est pas parce que nous sommes dans les ennuis jusqu'au cou que je dois abandonner Celeste.

— Je sais. (Prue s'assit sur le canapé à côté de Piper et la prit dans ses bras.) Je sais.

Le Livre des Ombres à la main, Phoebe descendit l'escalier à toute allure. Elle le posa sur la table et se mit à le feuilleter en fronçant les sourcils.

— Je vois des sorts où il est question de boutons, de mèches de cheveux, de cristaux, de gants, de cire à cacheter... mais rien sur les rubans. Vous ne croyez pas que, si ce livre comportait un index, ce serait plus pratique ?

— Vous voulez que je cherche ? proposa Prue.

Le livre n'était pas un simple objet, mais plutôt quelque chose de vivant qui possédait son libre arbitre. Il arrivait parfois qu'il accepte de coopérer et de s'ouvrir à la bonne page. En d'autres occasions, les trois sœurs pouvaient passer des heures à tenter de décrypter un sortilège gribouillé à la main, pour finalement se rendre compte que ce n'était pas celui qu'elles recherchaient. Prue avait compris que l'ouvrage décidait de ce qu'il allait leur apprendre. Et chacune des sœurs Halliwell progressait ainsi dans des domaines différents.

— Vas-y, dit Phoebe en le lui tendant.

Prue s'assit, ferma les yeux et imagina le ruban. Il mesurait à peu près cinq centimètres de long sur un de large ; il était en satin rouge vif. Le nœud du milieu avait été délibérément et habilement fait.

Elle demanda en silence au livre de les aider. Une légère brise se leva et les pages commencèrent à tourner. Le vent s'intensifia et elles tournèrent de plus en plus vite, jusqu'à une page sur laquelle figurait une haute silhouette vêtue d'une soutane, une dague à la taille.

— La Communauté du Nouveau Soleil, lut-elle à haute voix.

Phoebe eut un mouvement de surprise.

— Ça ne sonne vraiment pas comme de la magie noire. Serait-ce une bonne secte ?

Prue continua sa lecture.

— Non. Apparemment, l'expression « Nouveau Soleil » fait référence à une source de pouvoir qu'ils invoquent. On ne sait pas laquelle, mais tels qu'ils sont présentés, ce sont plutôt des démons. (Prue vérifia la date inscrite sur la page.) En 1888, ils essayaient de détruire nos ancêtres. Je pense que, depuis, les choses n'ont pas vraiment changé.

— Aucune allusion à un ruban rouge ? demanda Piper.

— Si, là, dit Prue en mettant le doigt sur une petite illustration en bas de page. Les rubans semblent être des talismans magiques. Ils sont utilisés à la fois pour envoyer des billets, mais également pour activer les incantations qu'ils maîtrisent déjà.

— Envoyer des billets. (Piper ne put s'empêcher de relever ce qui n'était peut-être qu'un détail.) Eh bien, au moins ces gens-là ont du savoir-vivre.

— Les billets étaient encore à la mode au début du siècle, reprit Prue. C'était une façon de communiquer, qui n'existait que dans la haute société. Un valet était chargé d'apporter une lettre à quelqu'un avant que l'expéditeur de la missive ne lui rende visite.

— Ça veut dire que nous allons recevoir de la visite ? demanda Phoebe.

— C'est tout à fait possible, confirma Prue. Il faut absolument que nous prononcions une incantation afin de nous protéger. Et vite !

— Ça peut ne servir à rien si nos pouvoirs sont désactivés. Et si cela se retourne contre nous comme ça s'est passé hier ? demanda Piper d'une voix blanche.

— Il faut que nous essayions, décida Prue. (Elle feuilleta le livre pour y retrouver une formule magique qu'elle avait déjà lue.) Ah ! la voilà. Nous allons avoir besoin de sauge, de sel, d'un coquillage pour brûler la sauge, de la racine de phytolacca, de l'achillée, une bougie blanche, ainsi que quelques ingrédients que j'ai achetés au *Full Moon*. Je vais les chercher.

— Je m'occupe de la bougie, du coquillage et des allumettes, dit Phoebe.

— Donc il me reste à rassembler la sauge, le sel, l'achillée et la racine de phytolacca, conclut Piper, qui se dirigeait déjà vers la cuisine.

Cinq minutes plus tard, elles avaient réuni tout le matériel nécessaire. Phoebe mit un peu de sauge séchée dans le coquillage, l'alluma, puis souffla sur la flamme pour que l'herbe dégage de la fumée. Lorsque le parfum de la plante commença à se diffuser dans la maison, Piper alluma la bougie blanche.

Prue tenait une pincée de sel entre ses doigts. Elle ferma les yeux pour se concentrer afin de purifier l'énergie de la maison.

Elle rouvrit les yeux ; elles étaient prêtes. Prue passa la main dans la fumée de sauge, puis prit la racine de phytolacca.

— *Pouvoir du ciel au-dessus de nous, pouvoir de la terre au-dessous*... Mais, qui est-ce ? s'exclama-t-elle, perdant complètement le fil de l'incantation.

Un jeune homme élégant, planté devant la fenêtre du salon, regardait dans la pièce.

— Ô mon Dieu ! murmura Phoebe. C'est Kenji !

Celui-ci fit un signe de la main, le visage empreint d'une expression sévère.

— Je savais que nous aurions dû faire ça dans le grenier, murmura Piper. Trop tard.

— C'est foutu, enchaîna Prue. Phoebe, va lui parler et raconte-lui n'importe quoi... Tiens, par exemple, que nous sommes en train de répéter un spectacle.

— D'accord ! dit Phoebe en se précipitant vers la porte.

Prue échangea un regard avec Piper.

— Ça va mal !

— Tu veux dire que ça ne va pas du tout.

C'est alors que le téléphone sonna.

— Laisse le répondeur, dit Prue. Lorsque Phoebe reviendra, nous essaierons à nouveau, mais dans le grenier.

Piper rassemblait leur matériel quand elle reconnut la voix paniquée sur le répondeur :

— Piper, c'est moi. Daria a complètement pété les plombs. La nuit dernière, alors que je dormais dans le réfectoire, elle a tailladé mes draps. Ils sont en lambeaux. S'il te plaît ! Aide-moi !

CHAPITRE 14

Piper s'élança vers le téléphone.

— Allô ! Allô !

Elle raccrocha, en poussant un grognement de frustration.

— Trop tard, murmura-t-elle en se retournant vers Prue.

— Tu veux aller la chercher maintenant ?

— Je n'ai pas le choix.

— Je sais que tu veux protéger Celeste, lui dit gentiment Prue. Mais je pense que, pour l'instant, la priorité est d'éloigner la menace qui pèse sur nous.

— Qu'est-ce que tu veux dire ?

— Eh bien, il y a certainement des gens au *Sunrise Center* qui peuvent surveiller Daria.

— Tu rêves !... Hier, j'ai appelé M. Morgan, le directeur. Je lui ai expliqué ce qu'il arrivait à Daria. Il m'a répondu qu'il allait s'en occuper et, visiblement, il n'a rien fait.

— Bien évidemment.

Prue se prit la tête entre les mains. Elle ne voulait pas que Celeste soit en danger, mais elle ne voulait pas non plus qu'elle vienne s'installer à la maison.

— Et si nous louions une chambre d'hôtel pour Celeste pendant quelques jours ? finit-elle par proposer.

— En ville ? lui demanda Piper. Tu as des économies cachées ?

— On peut trouver un hôtel pas cher, répondit Prue.

— Non, Prue ! Non ! C'est hors de question ! se récria Piper.

Les yeux de Prue s'agrandirent devant la détermination de Piper.

— Celeste est seule, elle a peur. (Piper avait du mal à contenir sa colère.) La dernière chose que je ferai, c'est bien de la mettre dans un endroit où elle sera encore plus seule et où elle aura encore plus peur. De plus, si elle reste au centre et si Daria lui fait du mal, je ne pourrai plus jamais me regarder dans une glace ! (Piper s'arrêta pour reprendre son souffle.) Je n'ai pas le choix. Il faut que je la sorte de là, que je la mette en sécurité. Or, le seul endroit que je connaisse, c'est ici.

Prue fit une dernière tentative :

— Tu réalises quand même que notre maison peut être aussi dangereuse pour Celeste. Si ce n'est pire. Tout du moins, tant que nous n'en aurons pas fini avec ces démons.

— Je sais. Mais ici, nous pouvons essayer de la protéger.

— On peut tenter le coup, admit Prue sans grand enthousiasme.

— J'y vais. Je reviens avec Celeste le plus vite possible, dit Piper.

Phoebe était lamentablement affalée sur le canapé.

— Comment s'est passé ton tête-à-tête avec Kenji ?

Prue se doutait de la réponse.

— Il n'a pas eu lieu. À l'instant précis où je mettais le pied sur le trottoir, il avait filé. Je l'ai appelé, mais il n'a pas répondu. Je n'allais pas lui courir après. Je suis pourtant persuadée qu'il m'a entendue. Pourquoi ne s'est-il pas arrêté ?

Prue comprenait instinctivement pourquoi Kenji s'était enfui.

— Pourquoi nous observait-il par la fenêtre ?

— Ne t'en fais pas, ce n'est pas un voyeur. (Phoebe était sur la défensive.) Si je sortais avec un pervers, je m'en serais quand même rendu compte.

— Et s'il faisait partie de la secte ?

Phoebe ferma les yeux. Prue vit le visage de sa sœur changer de couleur.

— Je ne peux pas imaginer que Kenji veuille me faire du mal.

— Quand tu t'es fait agresser, tu es bien certaine que celui qui a voulu te tuer n'était pas Kenji ?

— J'en suis persuadée. Sensei a cassé le bras du type. Je viens de voir Kenji ; il a l'usage de ses deux bras.

— Alors, explique-moi pourquoi il nous observait par la fenêtre du salon et pourquoi il s'est enfui !

— Je n'en sais rien. (Elle donna un coup de poing dans un coussin.) Prue, j'étais sûre que cette fois allait être la bonne. J'avais même décidé d'y aller doucement pour ne pas gâcher notre histoire.

Prue retint un sourire. Pour que Phoebe décide de prendre son temps, c'est que Kenji devait être très spécial. Elle posa une main sur l'épaule de sa sœur.

— Ne t'en fais pas, Phoeb. Tu t'en remettras.

Prue se remit à faire les cent pas dans le salon.

— Il faut que nous fassions quelque chose. Nous devons absolument nous défendre contre la secte du Nouveau Soleil.

— Montons dans le grenier et recommençons l'incantation pour nous protéger, proposa Phoebe. Où est Piper ?

— Elle est partie aider Celeste à faire ses valises. Elle va s'installer ici.

— Quoi ? hurla Phoebe.

— Nous en avons parlé, lui expliqua-t-elle. Je pense qu'il n'y a pas d'autre solution.

Prue fixa son regard sur le coussin de velours vert posé sur le canapé et concentra un peu de son pouvoir sur lui, juste assez pour le déplacer. Le coussin s'éleva et la frappa en plein estomac.

Phoebe tressaillit.

— Je suppose que ce n'est pas le résultat escompté?

— Non. (Prue réussit à contenir le sentiment de terreur qui l'envahissait.) Je crois que nous ferions mieux d'annuler cette incantation de protection. Elle risquerait de déclencher une attaque.

— Alors, qu'est-ce qu'on fait? À qui faire appel si tout se retourne contre nous?

— Et si nous demandions de l'aide à une autre sorcière adepte de la magie blanche? proposa Prue.

— Tu en connais une autre? rétorqua Phoebe.

Prue le lui confirma d'un signe de tête.

— Adrienne, la propriétaire de la boutique de Wicca. Elle possède des pouvoirs innés, tout comme nous, et...

— Prue...

— Écoute, je sais que parler de nous est risqué, mais actuellement nous sommes en danger. De plus, Adrienne est totalement opposée à toute forme de magie noire. Tout comme nous, elle fait son possible pour la combattre. Et je lui fais confiance.

Phoebe haussa les épaules.

— Appelle-la.

Prue saisit le combiné du téléphone et composa le numéro du *Full Moon*. Elle se sentit mieux dès qu'elle entendit la voix d'Adrienne.

— Adrienne, c'est Prue. Mes sœurs et moi avons des ennuis. Nous avons absolument besoin de tes connaissances en sorcellerie et de tes conseils.

— De quoi s'agit-il?

— Il ne m'est pas possible de te l'expliquer comme ça. Il faut que je te montre. Est-ce que je peux venir tout de suite avec Phoebe ?

Adrienne hésita un instant.

— Oui, venez. Je peux peut-être vous aider. Mais dépêchez-vous.

— On part tout de suite.

Prue et Phoebe n'avaient pas mis longtemps à arriver à la 24e Rue, mais elles avaient perdu de précieuses minutes à trouver une place où se garer. Elles prirent en courant la ruelle qui menait au *Full Moon*.

— C'est ici ! s'écria Prue.

Elles descendirent les trois marches qui menaient à la boutique et ouvrirent la porte.

— Hum... Prue ? Il fait drôlement noir là-dedans, remarqua Phoebe, méfiante.

Phoebe avait raison, il y faisait anormalement sombre et Adrienne ne semblait pas être là.

— Il y a peut-être une panne d'électricité, suggéra Prue.

Elle se sentait mal à l'aise. Tout semblait normal, mais l'endroit dégageait de mauvaises vibrations. L'atmosphère n'était pas celle qu'elle connaissait ; elle était dense et menaçante.

— Adrienne ? Tu es là ?

Adrienne ne répondit pas, mais Prue entendit un bruit étouffé au fond du magasin. Elle se figea.

— Elle donne où, cette porte ? demanda Phoebe à voix basse.

— Je ne sais pas, chuchota Prue.

— Nous devrions aller voir, dit Phoebe.

Les deux sœurs se glissèrent à l'arrière de l'échoppe. Phoebe attrapa une dague sur l'une des étagères.

— Qu'est-ce que tu veux en faire ? murmura Prue.

— On ne sait jamais.

Sa sœur avait peut-être raison. Elle en saisit une également.

Les bruits s'amplifiaient. Ça ressemblait à une bagarre. Prue crut que son sang allait se glacer. Si Adrienne avait des ennuis, comment pouvaient-elles l'aider puisqu'elles avaient perdu leurs pouvoirs ?

Phoebe entrouvrit la porte.

Jetant un coup d'œil à l'intérieur, Prue suffoqua. Adrienne était allongée sur le dos et se débattait. Ses bras et ses chevilles étaient liés... à l'aide de rayons de lumière verte.

— Adrienne ! hurla Prue.

— Ah... les *Charmed*, grogna une voix.

Deux silhouettes revêtues de soutanes sortirent de l'ombre. Des cagoules dissimulaient leurs visages, mais Prue reconnut les pentacles inversés autour de leur cou, et les armes à leur taille. Elle les avait déjà vus dans *Le Livre des Ombres*. Il n'y avait aucun doute, elles se trouvaient face à deux membres de la Communauté du Nouveau Soleil.

— Nous espérions que vous viendriez, dit l'un des démons. Mais il manque quelqu'un. Où est la troisième ?

— Ne leur dis rien ! hurla Adrienne.

— Tu n'as toujours pas compris ?

Le plus petit des deux démons gifla violemment Adrienne, qui poussa un cri de douleur.

Prue sortit de sa torpeur. Si elle ne pouvait pas compter sur son pouvoir, fuir n'était pas non plus une solution, car elle ne voulait pas abandonner Adrienne. Il fallait que les deux sœurs improvisent. Et vite.

Prue fit un pas en avant ; elle espérait s'en sortir avec un coup de bluff.

— Vous espériez que nous viendrions ? dit-elle avec audace. Nous en sommes très flattées et nous aimerions vraiment passer un moment avec vous mais, d'abord, libérez-la.

— J'ai peur que ce ne soit pas possible, répondit le plus grand des deux. Elle nous a trahis. Elle doit payer.

Trahis ? se dit Prue. *Que veut-il dire ?*

Il dessina un nœud dans les airs et un rayon de lumière verte en forme de corde apparut. Il s'enroula autour du cou d'Adrienne et commença à se resserrer. Prue vit le visage de son amie déformé par la terreur.

Adrienne émit un son horrible, son visage vira au violet.

— Arrêtez immédiatement ! hurla Phoebe.

Prue tendit le bras et attrapa une boîte de billes de cristal posée sur une étagère et les projeta sur les démons. Phoebe prit le relais, en leur lançant deux chaudrons en bronze.

Prue se baissa rapidement et se pencha au-dessus d'Adrienne. Elle essaya de couper les cordes de lumière verte à l'aide de la dague qu'elle avait prise dans la boutique. Mais le couteau de cérémonie passa simplement au travers de la lumière, la lame lançant des éclairs verts.

Prue se souvint alors d'une incantation visant à délier des liens. Sur le point de la prononcer, elle s'arrêta en se rappelant ce qui était arrivé la dernière fois qu'elle avait utilisé ses pouvoirs. Il fallait qu'elle essaie autre chose.

— *Cordes qui ligotent, serrez plus fort, ne me confondez pas, obéissez à ma volonté,* murmura-t-elle.

Comme elle l'avait espéré, les cordes de lumière verte disparurent.

— Peux-tu t'enfuir? On s'occupe d'eux.

Elle jeta un coup d'œil vers Phoebe qui tenait les deux démons à distance à l'aide de sa dague.

Adrienne avala une grande goulée d'air.

— Cours! lui ordonna Prue.

Adrienne se dirigea vers la porte en vacillant. Prue se retourna alors pour faire face à leurs agresseurs. Le plus grand des démons était à terre, certainement touché par Phoebe. Elle se battait maintenant contre le petit et était sur le point de perdre la partie.

Prue se dit que la seule solution était de prononcer à nouveau une incantation inversée.

— *Sépare ces deux qui…*

Le grand démon se releva et se jeta sur Phoebe, la dague à la main.

— Non ! hurla Prue, lui envoyant une vibration magique pour l'éloigner de sa sœur.

Elle comprit immédiatement son impardonnable erreur. Elle avait jeté le démon sur Phoebe avec une telle force qu'ils roulèrent tous les deux au sol. La créature prit tout de suite le dessus.

Un bras solide enserra la gorge de Prue.

— Non seulement tu es belle, mais en plus tu es serviable, fredonna son agresseur.

Il tenait la pointe de son arme contre sa gorge. Tout en essayant de ravaler ses larmes, Prue tourna la tête pour ne pas sentir son souffle fétide. Elles étaient prisonnières toutes les deux.

CHAPITRE 15

— Où étais-tu ? demanda Celeste avec impatience lorsque Piper entra enfin dans sa chambre. Je commençais à me dire que tu avais changé d'avis.

Piper secoua la tête.

— Pas du tout. Mais j'ai attendu M. Morgan pendant une demi-heure pour mettre les choses au point. Comme il n'était pas là, je lui ai laissé un mot.

Un sourire éclaira le visage de Celeste.

— Ça veut dire que je peux aller chez toi maintenant ?

— Il faudra certainement que nous revenions ici pour parler avec le directeur.

Une lueur d'inquiétude passa dans le regard de Celeste.

— Et tes sœurs… elles sont d'accord ?

— Prue est au courant ; elle comprend très bien la situation. Je n'ai pas encore eu l'occasion d'en parler avec Phoebe, mais c'est une crème. Ça ne posera pas de problème.

— Merci, Piper.

— Je t'en prie. Alors, tes affaires sont prêtes ? On y va ?

— Non, répondit Celeste en baissant les yeux.

— Pourquoi ?

— Je pensais que, si je faisais mon sac, ça ne se réaliserait pas.

— Tu avais peur que je te déçoive ? traduisit Piper. Elle réalisa qu'elle allait devoir faire très attention. Sous son apparente décontraction, Celeste était une gamine très sensible et vulnérable.

— Hé, tout va bien ! lança Piper. Tu ne me connais pas depuis très longtemps, tu as donc tout à fait raison de te méfier. Mais je suis là à présent et tu vas venir vivre chez moi. Alors, prépare-toi. Ça marche ?

— D'accord !

Celeste prit sa valise dans l'armoire.

— Je peux t'aider ? lui demanda Piper, en ouvrant un des tiroirs de la commode.

Elle ne voulait pas s'absenter de la maison trop longtemps. Elle sortit un tee-shirt et... stupéfaite, s'immobilisa.

— Celeste. (Elle essayait de garder son calme.) Tu sais ce que c'est, ça ?

— Quoi ?

Au fond du tiroir, une dizaine de rubans rouges étaient soigneusement rangés en pile. Ils étaient tous noués en leur milieu, exactement comme ceux que Piper et ses sœurs avaient reçus. Elle n'osa même pas y toucher.

— D'où ça sort ? demanda Celeste, interloquée.

— Tu ne le sais pas ?

L'adolescente secoua la tête.

— Je ne les ai jamais vus. Ça doit être à Daria.

Piper se laissa tomber sur la couchette du bas. Ses doutes se confirmaient. Daria s'était laissé embarquer par la secte du Nouveau Soleil. Elle en avait la preuve sous les yeux.

Piper repensa au jour où elle avait surpris Daria dans l'escalier du grenier. Après tout, la gamine y était peut-être entrée et avait pu inverser leurs pouvoirs en se servant du *Livre des Ombres*...

— Piper, ça va ?

Celeste l'observait, l'air inquiète.

— Tout va bien...

Elle se leva.

— ... mais il faut que je rentre à la maison et que je parle à mes sœurs.

— De moi ?

— Non, de Daria. Tu es bientôt prête ?

— Ça y est.

— Allez, partons d'ici.

La circulation fut fluide jusqu'à Halliwell Manor. Mais Piper ne pouvait s'empêcher de maudire les feux rouges et les stops qui se trouvaient sur sa route.

— Piper ? (La voix de Celeste la ramena à la réalité.) Pourquoi faut-il que tu parles de Daria avec tes sœurs ? Tu veux qu'elle aussi vienne habiter chez toi ?

Déconcertée par la question, Piper faillit rater un virage.

— Non ! Celeste, tu sais qu'il se passe des choses étranges avec Daria. Eh bien, tu vois, les rubans rouges que j'ai trouvés dans le tiroir... en fait, ils sont utilisés dans la pratique de la magie noire.

— Comment le sais-tu ?

— Au lycée, j'avais une copine de chambre qui s'y intéressait, mentit Piper. C'est une des raisons pour lesquelles je m'inquiète. J'ai déjà vu ce qui pouvait arriver à qui se laisse prendre dans ce genre d'histoires.

— Qu'est-ce qui lui est arrivé ? Elle s'est changée en diable ? plaisanta Celeste.

Piper décida d'éluder la question. C'était idiot de sa part de s'enfoncer dans le mensonge, alors que la gamine avait le droit de savoir.

— Hier, Phoebe, Prue et moi avons trouvé des rubans comme ceux-ci. Le mien était dans mon sac. Quelqu'un l'y avait mis.

— Effectivement, c'est bizarre, admit Celeste. Mais comment se fait-il que ça te trouble tant ?

— D'après ce que je sais, commença Piper en pesant ses mots, ces rubans sont des sortes de messages pour te dire que quelqu'un t'en veut.

— C'est ridicule. Pourquoi Daria vous en voudrait-elle ?

— Je ne sais pas. En fait, je ne suis pas certaine que Daria soit la seule à nous en vouloir. Ce que je veux te dire, Celeste, c'est que tu ne seras peut-être pas plus en sécurité chez nous qu'au centre.

Silencieuse, l'adolescente regardait à travers le pare-brise.

— Celeste ? Tu m'as entendue ?

— Oui. Et je ne vais pas te mentir ; Daria me fout la trouille. Je préfère être chez toi que de partager une chambre avec elle.

— D'accord, conclut Piper.

Ça ne faisait pas beaucoup avancer les choses, mais au moins Celeste savait qu'il faudrait quand même qu'elle reste sur ses gardes et que Halliwell Manor n'était pas le havre de paix dont elle rêvait tant.

Piper se gara enfin devant la maison. Elle prit la valise de Celeste, monta les marches du perron, puis ouvrit la porte.

— Y a quelqu'un ? Prue ? Phoebe ?

Celeste la suivit. Elle semblait intimidée.

— J'avais oublié que c'était aussi grand.

Piper ne savait pas pourquoi, mais le fait que Phoebe et Prue aient quitté la maison ne lui semblait pas de bon augure. Il ne fallait pourtant pas qu'elle s'affole. Ce n'était quand même pas la première fois que la maison était vide quand elle rentrait.

— Où je mets mes affaires ? demanda Celeste.

— À l'étage. Suis-moi, je vais te montrer.

Piper la précéda dans l'escalier et ouvrit la porte de la chambre d'amis.

— C'est chouette, dit Celeste.

— Ce n'est pas un palace, mais c'est confortable. Tu peux mettre tes affaires dans l'armoire. Emprunte les livres qui t'intéressent, prends ce que tu veux dans le réfrigérateur, si tu veux regarder la télé, n'hésite pas. Fais comme chez toi.

Celeste posa sa valise sur le lit.

— Merci.

— Tu as peut-être faim ? Tu veux que je te prépare un sandwich ou…

— Tout va bien. (À présent, Celeste souriait.) Vraiment, Piper.

— D'accord. Alors, je redescends, j'ai quelques coups de fil à passer. Appelle-moi si tu as besoin de quoi que ce soit.

— Promis !

En descendant, Piper entendit un bruit qui ne lui était pas familier. C'était sans doute Celeste qui marchait dans sa chambre.

Non. Ça ne venait pas de l'étage, mais du grenier !

La peur au ventre, Piper essayait d'être le plus silencieuse possible. Elle s'arrêta un instant pour recouvrer son calme. Ce qu'elle avait peut-être de mieux à faire, c'était de partir en courant de la maison avec Celeste.

Mais ce n'était pas possible. *Le Livre des Ombres* se trouvait dans le grenier. Elle ne pouvait pas se permettre de le laisser entre les mains de n'importe qui. Elle décida de redescendre au salon et prit le tisonnier dans la cheminée.

Serrant de toutes ses forces son arme improvisée, Piper monta jusqu'au grenier. La porte en était fermée.

Prenant son courage à deux mains, elle tourna la poignée et poussa la porte. Son cœur faillit s'arrêter lorsqu'elle vit trois silhouettes vêtues de longues soutanes et de cagoules, debout devant le pupitre sur lequel était posé, fermé, *Le Livre des Ombres*.

Piper fit quelques pas en avant en tenant le tisonnier comme une batte de base-ball. Elle s'apprêtait à appeler Celeste au secours quand elle réalisa qu'elle allait l'exposer inutilement.

Un des démons se retourna.

— Vous possédez un livre fascinant. Vous pourriez peut-être nous le montrer ?

Piper comprit ce qu'il venait de se passer et sourit. Les démons avaient essayé d'ouvrir *Le Livre des Ombres*, mais l'ouvrage s'y était refusé.

— Sortez de là, leur ordonna Piper en essayant de masquer sa peur.

— Vous êtes toujours aussi peu aimable avec vos invités ? demanda l'un des démons.

Les trois monstres se rapprochèrent de Piper. Elle tenta de les frapper, mais en vain. Ils continuèrent d'avancer.

— Ne vous inquiétez pas, nous allons l'emporter avec nous, reprit la créature.

— Je ne crois pas, menaça Piper, qui pointa son arme vers eux.

Les silhouettes cagoulées se ruèrent sur elle.

— Noonn ! cria Piper.

Elle tendit les mains pour arrêter le temps et se retrouva totalement figée. Piper les entendit rire et sentit qu'ils déposaient son corps raidi sur leurs épaules. Puis tout devint noir.

CHAPITRE 16

Piper éprouvait des difficultés à ouvrir les yeux. Elle se sentait groggy ; son corps lui paraissait lourd, comme engourdi. Elle réussit à plier les doigts. Elle n'était plus figée. Elle essaya de lever les bras, mais elle se rendit compte qu'ils étaient attachés derrière son dos.

Elle s'efforça de ne pas paniquer, priant que Celeste ait pu s'échapper. Elle s'en voulait de l'avoir entraînée dans une histoire pareille.

Quant à Prue et Phoebe... elle espérait qu'elles étaient à sa recherche.

Elle scruta les ténèbres. Elle ne pouvait déterminer où elle était. Tout ce qu'elle savait, c'était que l'atmosphère était froide et humide. Elle frissonna, fut prise de nausées et se sentit faiblir.

Elle comprit alors immédiatement qu'elle se trouvait dans la maison abandonnée de Colwood Street. Terrorisée, elle n'arrivait presque plus à respirer. Elle aurait tellement voulu ne jamais revenir dans cet endroit ! Quelque chose lui disait qu'elle n'aurait pas la chance de s'échapper de là une deuxième fois.

Piper entendit un craquement sourd. Deux torches s'embrasèrent à côté d'elle; aveuglée par la lumière, elle cligna des yeux.

Elle découvrit alors les deux extrémités d'un autel recouvert d'un drap noir. Une imposante urne en bronze, dont s'échappait une fumée douce et écœurante, y était posée.

Piper tourna la tête vers sa droite. Une armée de démons, tous vêtus des mêmes soutanes noires à cagoule, l'entouraient. Ils portaient des dagues à la ceinture et des pentacles inversés autour du cou. Un immense cristal blanc pendait au milieu de la pièce. Elle était paralysée par la peur. Il n'y avait plus aucun doute : elle était au cœur de la secte du Nouveau Soleil.

Un démon de grande taille l'amena derrière l'autel. Il frappa dans ses mains et des bougies incrustées dans les murs s'allumèrent, éclairant la pièce.

Elle regarda sur sa gauche et poussa un cri. Ses sœurs étaient à côté d'elle, les mains nouées derrière le dos à l'aide de faisceaux de lumière rouge.

— Piper ! s'écria Prue.

— Non, je n'arrive pas à croire qu'ils nous aient enlevées toutes les trois, marmonna Phoebe.

La colère l'emporta sur le sentiment de terreur qui l'envahissait quelques instants auparavant. Elle se tourna vers celui qui semblait être le chef de la secte.

— Qui êtes-vous ? Pourquoi nous traitez-vous de cette façon ?

— Tu dois m'appeler Maître, rétorqua-t-il.

— Maître de quoi ? Vous avez l'air de quoi dans votre costume de Halloween ?

Un des démons s'approcha de la jeune femme et la frappa au visage.

— Ça t'apprendra à être plus reconnaissante. Après tout, je vous ai réunies, mes trois précieuses petites sœurs, grogna le Maître.

— Où est Celeste ? demanda Piper.

— Chaque chose en son temps. J'apporterai une réponse à chacune de vos questions le moment venu.

Piper se dit qu'elle connaissait cette voix, mais n'arrivait pas à la situer.

— Commençons, ordonna le Maître.

Plusieurs d'entre eux allumèrent de l'encens. Une lugubre mélopée commença à emplir la pièce. Une femme fut amenée. C'était Adrienne.

— Déposez-la par terre.

La propriétaire de la boutique de Wicca se retrouva de nouveau étendue sur le sol, attachée par des cordes de lumière rouge. Elle ne se débattait pas, bien qu'elle semblât consciente.

— Qu'est-ce qu'ils font ? murmura Phoebe à Prue.

— Je ne sais pas.

Le chant s'amplifiait. Piper sentait que l'énergie qui remplissait la pièce devenait de plus en plus sombre, de plus en plus forte. Adrienne commença à se tordre et à gémir. Ses pleurs se transformèrent en hurlements lorsque son corps fut pris de convulsions, avant de s'enflammer soudain et d'être réduit en cendres.

Piper détourna la tête devant l'horreur de la scène. Elle regarda Phoebe qui avait fermé les yeux. Prue arborait une expression dure, mais les larmes coulaient le long de ses joues.

Piper plaignait profondément sa sœur : Prue considérait Adrienne comme une amie.

Le Maître se tourna vers elles.

— Chères *Charmed*, considérez cela comme une initiation. Vous venez d'être les témoins du prix à payer lorsque l'on s'oppose à la Communauté du Nouveau Soleil.

Phoebe le regarda droit dans les yeux.

— Vous allez nous faire la même chose ?

Le démon se contenta de ricaner.

— Répondez !

— Vous êtes dans une position délicate pour poser des questions. Nous nous occuperons de vous bien assez tôt, répondit le Maître.

Piper ne pouvait détacher ses yeux de ses sœurs. Les yeux bleu acier de Prue jetaient des éclairs de colère. Quant à Phoebe, elle aurait bien réduit un démon en cendres. Piper sentait que ses sœurs étaient aussi déterminées qu'elle à détruire cette secte. Mais comment faire ? Elles ne pouvaient se servir du Pouvoir des Trois qui, inversé par la sorcellerie de la secte, risquait de donner des résultats encore plus catastrophiques.

— C'est presque dommage de vous détruire, continua le Maître. Mais, voyez-vous, nous y sommes obligés, car vous avez voulu vous mesurer à nous. Vous avez choisi d'utiliser votre pouvoir pour faire le bien. (Il se plaça à côté d'un autre démon, près de Piper.) Ce qui est amusant, c'est que nous vous avons piégées toutes les trois avec votre penchant pour le bien.

D'un geste de la main, il arracha la cagoule du démon qui se tenait à ses côtés, révélant ainsi son visage.

Piper en eut le souffle coupé. Elle n'arrivait pas à en croire ses yeux. Ces cheveux... ces cheveux blond-roux coupés court. Le jeune démon devant elle... c'était Celeste !

Piper se tourna vers ses sœurs.

— Je ne sais pas comment m'excuser...

— Piper, je... commença Celeste.

— Je veux juste savoir une chose, l'interrompit Piper. Dans tout ce que tu m'as raconté, y avait-il quelque chose de vrai ou alors tu m'as menti sur toute la ligne ?

Celeste fronça les sourcils.

— Une bonne partie de mon histoire était vraie. Je suis effectivement orpheline et j'ai vécu dans de nombreuses familles d'accueil. Et j'ai été aussi arrêtée par la police.

— Et Daria ? Où est-elle ? C'est elle qui t'a traînée dans cette secte ?

Un sourire désabusé apparut sur le visage de Celeste.

— T'as toujours pas compris ? Le seul problème de Daria, c'est que j'étais sa camarade de chambre. Dès que je l'ai vue, j'ai compris que je pourrais m'en servir. Lorsqu'elle est partie en courant de chez toi, ç'a été l'occasion idéale pour te mettre sur une fausse piste. Je t'ai raconté toutes ces histoires à son sujet et j'ai placé tous ces objets dans notre chambre pour détourner tes soupçons. (Elle marqua une pause, son sourire s'effaça.) J'ai l'impression que ça a marché.

— Pourquoi ? Mais pourquoi as-tu voulu nous faire ça ? lui demanda Piper.

— Pourquoi ? (Celeste désigna les silhouettes qui l'entouraient.) Parce que je n'avais personne et qu'ils m'ont accueillie.

— Celeste fait partie de notre famille, dit le Maître.

Il enleva sa cagoule... Piper crut qu'elle allait perdre la tête. Pas étonnant que cette voix lui ait dit quelque chose.

— Monsieur... Monsieur Morgan ?

— Être directeur du *Sunrise Center* présente beaucoup d'avantages. Toutes les semaines, de nouveaux enfants viennent nous voir. Ils sont sans domicile, se sentent exclus et sont en manque d'affection. Notre groupe leur donne ce dont ils ont besoin, en échange de peu de chose : adhérer à notre cause pour la vie.

Piper détourna les yeux. Elle se sentait incapable de regarder ce monstre qui se servait d'enfants fragilisés.

— Celeste est très douée, continua le Maître. Une actrice-née, doublée d'une véritable magicienne. Vous n'avez aucune raison de vous en vouloir, Piper. Nous sommes tout simplement plus forts que vous. Et si ça peut vous réconforter, vos sœurs n'ont pas fait mieux : elles se sont fait prendre en essayant de sauver Adrienne. Elles ne s'étaient apparemment jamais doutées qu'elle était des nôtres.

Piper lut de la colère dans le regard de Prue.

— Eh oui, continua le Maître. Adrienne faisait partie de notre communauté et sa mission était, telle une araignée, de vous prendre dans sa toile. Malheureusement, elle a fléchi et nous a trahis. Nous n'avions pas le choix. Nous devions la détruire. Tout comme nous allons vous détruire.

CHAPITRE 17

Phoebe se débattit pour se libérer des liens magiques qui lui liaient les poignets. Elle savait qu'il fallait arrêter ce démon. Elle lutta plus fort, mais elle n'avait plus aucun pouvoir.

— Voyons... Laquelle de vous trois désire mourir la première ? demanda M. Morgan d'un ton cordial. (Il attendit un moment.) Pas de volontaire ? Alors, il va falloir que je choisisse.

Phoebe haïssait ce personnage, pour ce qu'il avait fait à ses sœurs, aux enfants du *Sunrise Center*, à Adrienne, pour sa cruauté. S'il y avait un moyen de le combattre, il ne fallait pas passer à côté.

Le Maître désigna du doigt les trois sœurs à tour de rôle.

— Pic et pic et colégram... (Il s'arrêta devant Phoebe.) Bingo ! Il me semble que c'est toi qui as gagné !

Phoebe sentit son cœur se contracter de peur. Le Maître tapa dans ses mains.

— Amenez-la au Nouveau Soleil, ordonna-t-il.

Deux démons l'attrapèrent sous les bras. Elle se contorsionna pour tenter de se libérer de leur étreinte. Ils avancèrent jusqu'au centre de la pièce et la placèrent sous l'immense cristal blanc, face à Morgan.

— Noon ! hurla Prue.

Le Maître entonna un chant. Phoebe le voyait mélanger des poudres de couleur dans l'urne en bronze posée sur l'autel. L'odeur qui s'en dégageait devint encore plus insoutenable lorsqu'il y ajouta des racines, des huiles, ainsi qu'une poignée d'herbes.

Le Maître leva les mains en tendant les doigts. Une fumée vert pâle s'en échappa et commença à danser sur le bout de ses doigts. Puis elle s'éloigna en tremblotant, traversa la pièce et arriva au cristal autour duquel la flamme grésilla. Quelques secondes plus tard, le cristal se mettait à scintiller.

— Lorsque tu vas mourir, le Nouveau Soleil absorbera ton énergie et la redistribuera à l'assemblée. Du recyclage, en quelque sorte.

Morgan adressa un sourire narquois à Phoebe.

Le cristal brillait de mille feux. La jeune femme ferma les yeux tandis que des ondes magiques diffusaient chaleur et blancheur éblouissante. De la sueur commença à couler le long de son dos et de sa poitrine. Elle sentit sa peau rougir et brûler.

— Phoebe ! hurla Piper.

Le Maître déclama une autre psalmodie que les fidèles reprirent en chœur. Le cristal descendit tandis que s'accroissaient sa luminosité et sa chaleur.

Phoebe sentait que sa peau, ses cheveux et ses sourcils commençaient à brûler.

Elle entendit la voix de Piper :

— Celeste ! Tu ne peux pas les laisser faire ça. Ils ne s'intéressent pas à toi comme moi. Ils ne se servent de toi que pour tes pouvoirs. Ne les laisse pas faire ça à ma sœur !

Le chœur continuait son chant et la lumière du Nouveau Soleil devenait de plus en plus forte.

— S'il te plaît ! sanglotait Piper.

Phoebe gémissait de douleur. C'est alors qu'elle entendit Celeste marmonner :

— Attendez...

L'assemblée ne s'arrêta pas de chanter.

— Attendez ! ordonna Celeste d'une voix plus forte.

Les voix faiblirent.

— Pourquoi dis-tu d'arrêter ? Continuez ! ordonna le Maître.

— J'ai dit STOP ! hurla Celeste.

Le silence s'installa.

Phoebe sentit sa douleur se calmer. Elle leva les yeux vers Celeste. La gamine tendit les mains. Une lueur jaillit de ses paumes. Tous les regards étaient rivés sur elle. Phoebe comprit que Celeste affaiblissait ainsi l'influence du cristal suspendu au-dessus de sa tête. Elle bougea les poignets. Elle était libre !

Personne ne s'en était rendu compte, car les regards fascinés de l'assemblée convergeaient sur l'adolescente.

— Petite dinde ! Tu voudrais me désobéir ? hurla le Maître, visiblement furieux.

— Je pensais que vous aviez l'habitude de vous occuper de jeunes mal dans leur peau, monsieur Morgan, lui rétorqua Celeste d'un ton moqueur.

C'était une diversion parfaite. Phoebe se glissa lentement derrière le démon le plus proche d'elle et lui déroba la dague qu'il portait à la ceinture. Elle fendit la foule, puis s'arrêta juste derrière ses sœurs.

Se rappelant que leurs pouvoirs étaient inversés, elle récita :

Magiques fibres au puissant pouvoir,
Ne les libère jamais.

Les fibres lumineuses se démêlèrent, délivrant les poignets de ses sœurs. Ça avait marché !

— Elles s'échappent ! cria quelqu'un dans l'assistance.

Puis, Phoebe se fit ceinturer par-derrière.

Combinaison d'autodéfense numéro un. La jeune femme se concentra. Elle mit ses bras en position de ciseaux pour se dégager de ceux de son agresseur. Ensuite, elle se baissa sur ses talons, pivota, le faucha au niveau de la hanche et le fit tomber.

Elle effectua un demi-tour. Brandissant un couteau, un démon lui fonçait dessus.

— Aahh !

Son cri ressemblait surtout à un glapissement. S'il existait un mouvement de défense pour ce genre de situation, elle ne l'avait pas encore appris.

Phoebe se mit en boule, plongea sur le côté, et envoya un coup de pied à son agresseur. Il trébucha. Ébahie, Phoebe le regarda passer par-dessus elle. Piégé par sa vitesse, il vint heurter le cristal blanc.

Le bloc se détacha de la chaîne qui le maintenait au plafond, avant de ricocher sur l'un des murs de la salle, puis de s'écraser sur le sol.

— Noon ! hurla le Maître. Attrapez-le. Attrapez le cristal.

Tous les démons présents couraient après lui, mais aucun d'entre eux ne semblait capable de surpasser son pouvoir suffisamment longtemps pour le retenir.

Phoebe se demandait ce qu'il allait se passer. Elle se mit en position de combat tout en cherchant ses sœurs dans la pièce dévastée. Elles n'étaient qu'à quelques mètres. Les paumes tendues, Celeste, debout devant elles, tenait trois rubans rouges noués. Phoebe courut les rejoindre.

— *La magie qui tisse les liens va maintenant les dénouer*, psalmodiait Celeste. *Rends-leur leurs pouvoirs dans toute leur plénitude.*

Phoebe perçut une bouffée de pouvoir monter en elle. Une sensation qui lui était familière traversa son corps des pieds jusqu'à la tête. Elle l'envahissait tandis que ses blessures disparaissaient. De plus, elle se sentait de nouveau reliée à ses sœurs : le secret de leur force.

Piper se retourna vers elle :

— Comment vas-tu, Phoebe ?

— Nous allons toutes bien, dit Prue. Nous avons retrouvé nos pouvoirs !

— Merci, Celeste, ajouta Piper.

Celeste la regarda, les yeux pleins de larmes.

— J'ai cru qu'ils étaient ma famille, mais ils ne se sont jamais occupés de moi comme tu l'as fait. Tu as risqué ta vie pour moi. Je suis désolée de t'avoir fait ça.

Piper la prit dans ses bras.

— On te croit, lança Prue, mais on en discutera plus tard, d'accord ?

Les démons en furie encerclaient les quatre filles.

— Tu as raison, approuva Phoebe. Et j'espère qu'il y aura un « plus tard ».

Piper déglutit tandis que leurs adversaires se rapprochaient.

— Nous sommes vraiment en sous-effectif, marmonna-t-elle.

— La partie me semble jouable, dit Prue. Frappons-en quelques-uns.

Elle fixa son regard sur la douzaine d'individus qui étaient juste devant elle.

Aussitôt, ils allèrent s'écraser contre les murs, entraînant d'autres créatures sur leur passage.

— Ouais ! C'est bien parti !

Piper vit un démon derrière Phoebe qui levait son arme au-dessus d'elle. Elle tendit les mains et arrêta le temps.

— Merci, Piper.

Prue expédia un autre groupe de démons contre les planches qui obstruaient les fenêtres.

— Assez !

La voix du Maître ressemblait à un roulement de tonnerre.

— Je ne crois pas, lui dit Piper. On vient juste de commencer.

Prue le propulsa contre le mur derrière l'autel.

— Euh, Prue, murmura Phoebe. Je pense que nous avons peut-être fait une erreur.

Le Maître se releva. Un cercle de lumière pourpre l'entourait, lui rendant ses pouvoirs. Piper cligna des yeux : elle ne comprenait pas ce qu'il lui arrivait. Dans le cercle lumineux, le corps du Maître s'allongeait comme une ombre. Il devenait plus large, plus puissant. Le Maître s'était transformé en un monstrueux squelette, qui s'avançait vers les *Charmed*.

Piper sentit son courage l'abandonner. Elle s'était battue contre bon nombre de démons, mais, cette fois-ci, c'était différent. Elle n'en avait jamais vu aucun prendre une telle forme, même dans ses pires cauchemars.

— Piper, toi et moi, nous n'en avons pas terminé ! gronda le Maître.

En deux grandes enjambées il la domina, la lumière rouge dansant sauvagement autour de lui.

Piper tremblait de peur. Mais elle se rappela ce que M. Morgan — à présent, cette chose — avait fait à Celeste, sans oublier toutes les autres gamines qui avaient eu le malheur d'atterrir au *Sunrise Center*. Et sa colère lui donna du courage.

— Tu as raison. Il faut que je te détruise, ainsi que tous tes adeptes.

Piper tendit les mains et le figea.

— Prue, Phoebe, j'ai besoin de vous ! cria-t-elle.

Ses sœurs la rejoignirent immédiatement.

— Je pense qu'il mérite bien de goûter à sa potion, dit Prue.

Elle récita une incantation pour l'attacher. Piper et Phoebe l'accompagnèrent. Elles levèrent les mains et invoquèrent le Pouvoir des Trois pour renforcer le sort. De nouveau, Piper sentit l'incroyable force qui l'envahissait.

— *Resserre le lien, resserre le lien*, chantait-elle avec ses sœurs. *Ce sort restera dans le temps.*

Une épaisse corde d'une lumière blanche très pure s'enroula autour du corps du Maître et du cercle rouge qui l'enveloppait, telle une momie.

Mais les bandes de lumière blanche vacillèrent, puis disparurent. Piper comprit que le sort était rompu.

— Sales gosses ! explosa le Maître. Votre magie n'est rien, comparée à la mienne. Vous ne pouvez pas m'arrêter.

— Mais ceci le peut ! hurla Celeste.

Debout devant l'autel, elle tenait le cristal blanc dans ses mains.

Il se retourna pour lui faire face.

— Pose ça tout de suite ! cria-t-il.

— Volontiers, dit Celeste en le jetant dans l'urne en bronze.

— Noon !

Le Maître avança en titubant vers Celeste, qui restait imperturbable. Elle savait que le feu allait purifier le cristal et transformer son pouvoir maléfique en pouvoir bienfaisant.

— Tu vas tous nous détruire ! gronda le Maître. Et toi également !

— Peut-être, mais je suis prête à prendre ce risque.

Il l'écarta et plongea ses mains dans l'urne bouillonnante. Il poussa un cri d'agonie lorsqu'il en ressortit le cristal, brillant de mille feux. Il avait du mal à la tenir et de la sueur perlait sur son front. Ses paumes commençaient à se couvrir de cloques.

— Salut ! lui dit Celeste en lui faisant un signe de la main.

Le Maître poussa un cri strident. Piper fut projetée sur le sol tandis que le cristal explosait en une multitude de morceaux.

CHAPITRE 18

La déflagration déchira les tympans de Piper. Elle se mit en boule, ferma les yeux et se plaqua les mains sur les oreilles, espérant que cette terrible pression allait cesser.

Puis, comme une vague qui reflue, le phénomène s'arrêta. Piper attendit un moment avant de s'asseoir et de regarder autour d'elle. La vague magique avait emporté tous les démons. Dans la maison de Colwood Street, il restait seulement les *Charmed* — et Celeste.

Piper se précipita vers elle.

— Dieu merci, tu vas bien ! cria-t-elle en la serrant dans ses bras.

— En fait, j'ai été un démon pendant tant de temps que je n'étais pas certaine que l'énergie positive me laisserait en vie, admit Celeste. J'étais prête à être détruite. Mais je crois vraiment que votre présence m'a aidée.

— En tout cas, je n'avais jamais vu pareil truc, dit Phoebe.

Celeste haussa les épaules.

— Je ne toucherai plus jamais à la magie de ma vie.

Prue fronça les sourcils.

— Tu en es certaine ? Tu as visiblement un don pour ça. Et des pouvoirs comme les nôtres ne sont orientés que vers le bien...

— S'il te plaît, dit Celeste, comprends-moi. La magie me rappellera toujours cette secte. Il faut que je m'éloigne de tout ça. J'ai besoin d'une vie simple et normale.

— Comme tu veux. Nous ne pouvons dire que nous sommes normales, toutes les trois, railla Piper, mais nous serons toujours là pour toi.

— Merci !

Celeste souriait. Alors qu'elle regardait en direction de la porte, elle devint brusquement toute pâle.

— Qu'est-ce qu'il se passe ? demanda Piper.

Celeste tendit le bras vers une autre silhouette en soutane noire qui entrait dans la pièce.

— Ce n'est pas fini !

Le démon retira sa cagoule. Phoebe faillit s'étrangler : Kenji !

— C'est un démon ! hurla Celeste. Il va essayer de vous attraper ! Nous devons le détruire !

Prue ne perdit pas de temps. Elle envoya un souffle d'énergie qui le plaqua au mur. Kenji luttait contre ce pouvoir, essayant de se libérer par tous les moyens, mais en vain.

Prue s'approcha de lui et s'adressa à Phoebe :

— Tu veux que je le tue à ta place ?

— Noon ! hurla Kenji.

— Pourquoi non ? lui demanda Phoebe. (Ses yeux étaient remplis de larmes. La peine qu'elle ressentait transparaissait dans sa voix.) Tu t'es servi de moi ! Tu m'as fait croire que je te plaisais ! Et tu n'étais qu'un démon.

— Je n'en suis pas un !

— C'est curieux, dit Phoebe. Tu en portes pourtant toute la panoplie...

— Je suis journaliste, continua-t-il. J'ai un contrat avec un journal qui m'a demandé d'infiltrer la secte pour la révéler au grand jour.

— Pardon ? (Pendant un court instant, Phoebe fut sur le point d'accepter l'explication de Kenji. Puis elle finit par croiser les bras sur sa poitrine.) Qui pourrait croire ça ?

— C'est la vérité. C'est pour ça que je vous espionnais par la fenêtre l'autre jour. (Il se tourna vers Prue.) Si vous me relâchez, je pourrai vous montrer ma carte de presse et ma carte d'identité. Elles sont dans la poche de la chemise que je porte sous cette soutane ridicule.

— C'est à toi de prendre la décision, déclara Prue à Phoebe.

Phoebe réfléchit un instant.

— Ne le relâche pas pour le moment. S'il décide de nous attaquer, il va réagir comme Bruce Lee.

Avec précaution, elle retira la dague qu'il portait autour de la ceinture. Puis, lentement, elle souleva la soutane noire. Elle plongea la main dans la poche de sa chemise et en sortit deux cartes plastifiées.

— Il dit la vérité. Il a bien une carte de presse et une carte d'identité.

— Ça ne veut rien dire, fit remarquer Celeste. C'est lui qui nous a raconté que Phoebe pouvait lire dans l'avenir, lui dévoila-t-elle.

— Il fallait que je le fasse pour garder ma couverture, expliqua calmement Kenji. Si j'avais menti, ils s'en seraient aperçus. Et puis, ça faisait un moment que le Maître la soupçonnait d'avoir ce pouvoir. (Ses yeux cherchaient ceux de Phoebe.) Il faut que tu me croies, je n'ai jamais voulu qu'il t'arrive quoi que ce soit. (Il regarda autour de lui.) Où sont-ils tous passés ?

— Ils sont partis. Pour toujours, dit Prue.

Kenji écarquilla les yeux.

— Vous trois... ? Vous avez...

— Non. Nous quatre, précisa Piper en passant un bras autour des épaules de Celeste.

— Wouah ! dit doucement Kenji. Vous avez dû employer des techniques très perfectionnées.

— Ouais. Bon, c'est bien que tu aies un alibi, dit amèrement Phoebe.

Kenji fit un large sourire.

— Phoebe, je te jure que je n'ai à aucun moment voulu te faire de mal.

— Je t'aime vraiment beaucoup, murmura Phoebe. Je n'ai jamais cru réellement que tu cherchais à te servir de moi, pour quelque raison que ce soit.

— Je t'aime beaucoup aussi ! Je t'aime tant que j'ai demandé à mon patron de me muter à San Francisco dès que j'aurai bouclé cette enquête.

— Tu veux t'installer à San Francisco ? Pour moi ? demanda Phoebe, incrédule.

Kenji acquiesça.

— Je ne voulais pas te quitter. Tu es étonnante. Et je ne parle pas de tes pouvoirs.

Prue se racla la gorge.

— Je suis désolée de vous interrompre, mais il faut que l'on parle à notre petite sœur.

Le regard de Phoebe s'attarda sur Kenji, puis elle rejoignit ses sœurs à l'autre bout de la pièce.

— Il est prêt à déménager pour moi ! leur dit-elle.

Piper lui adressa un regard rempli de sympathie.

— On a entendu. Et je suis vraiment heureuse pour toi, Phoeb. Mais il y a un petit problème. Nous ne pouvons pas le laisser publier cet article.

— Je suis d'accord. Nous serions complètement perdues, approuva Prue.

— Vous avez raison, souffla Phoebe en se mordant les lèvres.

— J'ai une idée. On va lui jeter un sort pour qu'il oublie, suggéra Prue. Qu'il oublie juste que nous sommes des sorcières. Comme ça, il pourra faire son papier sur la secte sans nous citer.

— Tu veux dire que je vais garder l'homme et que lui va garder son histoire ? (Phoebe sourit.) Ça me semble un bon plan. On y va ?

Les sœurs joignirent leurs mains, puis commencèrent à chanter.

Le soir suivant, devant l'appartement de Kenji à Berkeley, Phoebe vérifia le contenu des deux sacs qu'elle avait amenés. Dans le premier, il y avait un repas que Piper lui avait préparé : des tranches de rosbif, une purée de pommes de terre à l'ail, ainsi qu'une salade César. Dans le second sac, des bougies, un chandelier, des fleurs et une bouteille de vin. Tous les ingrédients nécessaires pour un dîner romantique parfaitement réussi. Elle avait tout mis en œuvre pour que démarre entre eux une nouvelle relation où il ne serait plus question de sorcières.

Elle portait une robe noire courte et une paire de boucles d'oreilles très classiques qu'elle avait empruntée à Prue, en espérant que cette tenue plairait à Kenji.

Ce dernier, bien sûr, n'était au courant de rien. C'était l'un des talents de Phoebe de faire des surprises. Impatiente, elle frappa à la porte.

Elle entendit le verrou tourner à l'intérieur.

— Bonsoir, dit Kenji d'une voix douce.

— Salut à toi, répondit Phoebe.

Ses longs cheveux bruns étaient détachés et il portait un jean ainsi qu'un tee-shirt noir qui mettait en valeur sa poitrine et ses bras bien dessinés. Il était très séduisant.

— Comment vas-tu ? lui demanda-t-elle.

— Bien. (Il lui sourit chaleureusement.) Que me vaut le plaisir de cette visite ?

— Je passais juste dans le coin, dit-elle pour le taquiner.

Elle entra.

Lorsque Kenji eut fermé la porte, elle se pencha vers lui et pressa ses lèvres contre les siennes. Très surpris, il eut un mouvement de recul.

— Qu'est-ce qu'il se passe ? s'étonna-t-elle.

— Désolé, mais je ne comprends pas.

— Ah bon ? (Phoebe éclata de rire.) Je n'aurais pas dû t'embrasser ?

— Lorsqu'une personne vient visiter un appartement, il n'est pas habituel qu'elle embrasse comme ça le locataire présent. Mais je n'ai rien contre, dit-il en lui souriant.

—Visiter un appartement ? Kenji, de quoi parles-tu ? Tu...

Sa voix se brisa. Elle avait l'impression d'avoir reçu un coup dans l'estomac.

— Kenji, comment est-ce que je m'appelle ?

Il la regarda d'un air amusé.

— Eh bien, en fait, j'allais vous le demander, mais vous m'avez embrassé.

— Alors, tu ne me connais pas ?

— Désolé, mais non, je ne vous connais pas. J'étais ici pour peu de temps et je retourne à San Diego à la fin de la semaine. J'étais juste venu pour le travail. Vous savez ce que c'est.

Phoebe comprenait. Le sort qu'elles lui avaient jeté la nuit précédente avait marché et même trop bien marché. Non seulement Kenji ne se souvenait plus qu'elle était une sorcière, mais il avait également oublié son existence.

— Quelque chose ne va pas ? demanda gentiment Kenji.

Phoebe ravala ses larmes.

— Non. Je pense… j'ai dû me tromper d'adresse.

Kenji sourit.

— Si je peux vous aider à trouver la bonne… J'ai un assez bon sens de l'orientation.

— Non, ça ira. (Phoebe sentit sa gorge se serrer. Elle lui tendit les sacs contenant le repas préparé par Piper, les bougies et le vin.) Voilà, c'est pour toi. Il faut que j'y aille.

— Mais…

— Bon séjour à San Diego, conclut-elle.

Elle sortit à toute allure de l'appartement.

Elle monta dans sa voiture, claqua la porte et éclata en sanglots. La seule chose qui pouvait lui faire du bien, c'était de pleurer un bon coup.

Lorsqu'elle eut versé toutes les larmes de son corps, elle se regarda dans le rétroviseur. Son nez coulait, ses yeux étaient tout rouges. Elle ne put s'empêcher de rire. Elle paraissait si moche que c'en était comique.

Bon, se dit-elle, *il arrive que l'amour fasse mal. Surtout lorsque l'on est une sorcière.*

[...]

Prue savait que c'était un rêve. Pourtant jamais aucun rêve ne lui avait paru aussi réel. Elle se tenait sur le balcon de la demeure de Lloyd Claiborne. Une légère brise la fit frissonner.

Inutile de se demander pourquoi elle était chez Claiborne. C'était là, dans cette maison, qu'elle avait reçu l'incroyable baiser. Elle voulait en retrouver le goût.

Prue vit l'aube poindre à l'horizon ; le soleil effleura l'eau en miroitant au contact des vagues formées par la brise. Le Jour de l'An ne pouvait mieux commencer, songea-t-elle. Prue pénétra dans la maison.

Elle descendit l'escalier de marbre jusqu'à la mezzanine qui surplombait le premier étage. Dans ce demi-sommeil peut-être serait-elle capable de retrouver celui qui se cachait derrière ce baiser, à l'endroit même où il l'avait embrassée pour la première fois.

Quelqu'un la prit par la taille. Aucun doute, celui qui l'avait enflammée était là. Elle allait enfin savoir de qui il s'agissait. Voir son visage, ses yeux, son sourire. Découvrir tout sur lui. Elle voulut se retourner.

— Non, murmura-t-il, pas encore !

Il souleva sa chevelure noire, et ses lèvres vinrent se poser sur son cou.

— De toutes les merveilles des siècles passés que j'ai pu contempler, tu es la plus belle. C'est comme si j'avais attendu toute ma vie pour te rencontrer. Ton baiser me donne vie, murmura-t-il, en lui mordillant la nuque.

Les ombres projetées par son habit à capuche dissimulaient son visage. Prue voulut enlever le vêtement, mais elle savait bien que le rêve — et lui avec — s'évanouirait si elle tentait ce geste.

— Me reconnais-tu ? demanda-t-il.

— Uniquement à ton baiser.

— Il doit en être ainsi, affirma-t-il.

En tenant son visage entre ses paumes, il l'attira dans l'ombre. Il approcha sa bouche de la sienne. Elle l'enlaça en pressant son corps contre le sien. Elle rêvait de l'embrasser pour l'éternité.

Il lui avait déclaré que son baiser lui donnait vie. Il avait besoin d'elle. Plus rien d'autre dans sa vie n'avait d'importance.

Bien plus tard ce matin-là, Phoebe, assise à la table de la cuisine, gribouillait sur un morceau de papier : elle essayait de trouver quelque chose à faire en ce Jour de l'An. Mais elle ne pouvait s'empêcher de repenser à l'étrange attitude de Prue la nuit précédente.

Elle a peut-être simplement été prise par l'ambiance, se dit-elle. *Après tout, il y a beaucoup de gens qui perdent la tête dans ce genre d'occasion.*

Phoebe secoua la tête. *Pauvre Robert!*

Elle se redressa en entendant des pas dans l'escalier.

Piper entra dans la pièce en traînant des pieds et s'écroula sur une chaise. Elle gémit :

— Oh ! Mes pauvres pieds. Je n'ai jamais autant dansé de toute ma vie !

— Je me demande dans quel état est Prue ce matin. D'habitude, elle ne dort pas si tard, remarqua Phoebe.

Piper se pencha en avant, les sourcils froncés.

— Qu'est-ce qui lui a pris hier soir? Je l'ai vue embrasser un tas de types qu'elle ne connaissait absolument pas !

— Moi aussi, j'ai trouvé ça bizarre, pour ne pas dire déplacé ! Elle avait demandé à Robert de l'attendre, ce qu'il a fait. Mais elle était trop occupée à embrasser tous les hommes qui se présentaient ! Alors, Robert a fini par partir...

— Elle le regrettera sans doute, reprit Piper. Et elle va avoir un de ces chocs quand elle va se réveiller ! (Elle tendit le bras pour attraper la boîte de beignets tout en s'asseyant sur la table.) Je vois qu'on prend un petit déjeuner consistant, ce matin !

— Je me suis dit qu'il fallait commencer l'année en beauté ! pouffa Phoebe. (Elle se demandait comment la soirée s'était terminée pour Piper et sa nouvelle conquête.) Jake est super-mignon. Tu vas le revoir ?

— Justement, nous devons sortir ensemble cette semaine.

— C'est génial ! s'écria Phoebe.

Piper avait fui les hommes après son échec avec Jeremy. Ce que Phoebe comprenait parfaitement, mais elle était ravie de voir que sa sœur était prête à accorder sa chance à Jake. Phoebe avait l'impression que cela pouvait marcher entre eux.

— Ce sera génial... Pourvu que ce ne soit pas un sorcier ! grimaça Piper.

Elle plaisantait, mais Phoebe saisit une nuance d'angoisse dans sa voix.

— Ça ira, Piper, la rassura Phoebe, en espérant ardemment ne pas se tromper.

Sa sœur avait déjà vécu une terrible expérience. Inutile de remettre cela !

— Tu n'as pas eu de prémonition quand il t'a embrassée sur la joue hier soir ? demanda Piper.

— Je t'ai vue toute vêtue de blanc... à ses côtés dans une église, déclara Phoebe en louchant.

Piper tapa gentiment sur le bras de sa sœur :

— Tu inventes !

— Oui. Désolée ! Pas de vision. Ou plutôt pas encore !

Piper attrapa le papier que sa sœur griffonnait.

— Qu'est-ce que c'est ?

— Oh ! Je m'amusais juste un peu ! répondit Phoebe, embarrassée.

Elle adorait dessiner, elle avait même envisagé de faire une école d'arts plastiques pendant un moment, puis elle avait pris une autre direction. Elle ne savait même plus pour quelle raison.

— Tu appelles ça t'amuser ? C'est fantastique, Phoebe. J'ignorais que tu étais aussi douée ! s'exclama Piper.

— Cela m'aide à me concentrer quand j'essaie d'éclaircir une situation, reprit Phoebe.

— Eh bien ! J'ai besoin d'une nouvelle ligne de papeterie pour le *Quake*. Je cherche un artiste qui soit dans mes moyens, mais pour l'instant je n'ai pas eu de chance. Est-ce que cela t'intéresserait ?

Excitée par la proposition, Phoebe agrippa le bras de Piper.

— Ça me plairait beaucoup. Eh ! Peut-être qu'Elena avait raison et que l'argent va pleuvoir !

— J'espérais que tu le ferais gratuitement. (Piper esquissa un sourire.) Tu sais, entre sœurs !

— Et si on s'associait ? (À l'idée d'un échange de bons procédés avec sa sœur, Phoebe ne tenait plus en place.) Tu pourrais t'occuper de ma lessive pendant une semaine. Et puis, c'est un début... J'aurais quelque chose à mettre dans mon book si jamais je décidais vraiment de devenir artiste.

— Tu sais, Phoebe, il serait temps que tu saches que faire de ta vie, lui serina sa sœur.

— Est-ce qu'on sait jamais ce qu'on veut faire de sa vie ? assena Prue qui venait d'entrer dans la cuisine pour se servir un bol de café.

Phoebe et Piper échangèrent un regard.

— Hier, tu savais, toi ! lui rappela Phoebe. Je croyais que tu voulais te concentrer sur ta carrière.

— C'était hier, commenta Prue en prenant place à table.

— Et aujourd'hui, sur quoi te concentres-tu ? Ou peut-être devrais-je plutôt dire *sur qui* ?

— Oui, au fait, ajouta Piper, tu ne voulais pas t'engager avec Robert, et puis tu l'as amené au *Quake*. Pour finir, tu l'as ignoré ! C'est quoi, ce cirque ?

Prue haussa les épaules et baissa le nez dans son bol :

— Robert est vraiment sympa, mais...

— Mais quoi ? insista Phoebe.

Prue avala une gorgée de café puis s'éclaircit la voix.

— Hier soir, à la fête chez Claiborne, les lumières se sont éteintes à minuit. Un homme m'a embrassée et ç'a été le baiser le plus incroyable de ma vie.

Phoebe jeta un regard à Piper. Elles étaient aussi embarrassées l'une que l'autre. Pourquoi Prue ne leur en avait-elle pas parlé la veille ?

— Un homme ? Quel homme ? la pressa Phoebe.

— Justement ! confia Prue. Je ne sais pas qui c'est. Quand les lumières se sont rallumées, j'ai ouvert les yeux et il avait disparu. J'ai pensé que c'était « le fantôme de minuit ».

— Très drôle, ton histoire ! s'esclaffa Piper. (Puis elle fixa Prue avec attention.) Tu n'es pas sérieuse, n'est-ce pas ?

— Je sais que cela peut paraître stupide, mais je ne sais pas quel autre nom lui donner !

— Attends une minute, rétorqua Phoebe, tout ça ne tient pas debout ! Robert t'a accompagnée depuis la soirée de Claiborne jusqu'au *Quake*. Il m'a même raconté que vous vous étiez embrassés chez Claiborne. Comment se fait-il que ce ne soit pas lui, ton « fantôme de minuit », il est superbe et charmant !

Prue secoua la tête.

— Il ne m'a pas embrassée à minuit. On était en train de parler, mais il s'est éloigné au moment précis où la lumière s'est éteinte. Et quand tout s'est rallumé, il y avait plein de monde entre lui et moi. Je suis persuadée que ce n'était pas lui.

— Cependant, il t'a *bel et bien* embrassée ! lui fit remarquer Phoebe.

Prue hocha la tête :

— Oui, un peu plus tard, mais le baiser de Robert n'avait vraiment rien à voir ; il était tendre et doux. Le baiser de minuit était... insensé ! Je suis incapable de vous le décrire. C'était tellement... magique !

Phoebe observa sa sœur, sourcils froncés :

— Mais quand la lumière s'est rallumée, ce type aurait dû être devant toi, non ?

— Non, il n'y avait personne ! Il a certainement dû s'éclipser.

— Par timidité ? suggéra Piper.

— Croyez-moi, insista Prue, il était tout sauf timide !

— Alors, pourquoi est-il parti ? insista Phoebe, de plus en plus perplexe.

— Qui sait ? fit Prue songeuse. Mais moi, je veux savoir qui il est. Ce matin, j'ai rêvé qu'il m'embrassait chez Claiborne. Je ne voyais pas son visage, mais son baiser était inouï ! Le rêve était tellement réel ! J'ai eu le sentiment de me retrouver dans un autre monde.

— Pas étonnant que tu aies dormi si tard ! lâcha Piper. Voilà un rêve dont on voudrait ne jamais s'éveiller !

Prue, résignée, poussa un gros soupir :

— Mais je me suis réveillée… (Elle demeura à la fenêtre un bon moment, puis se tourna vers ses sœurs.) Je sais, on ne s'est pas beaucoup vues hier soir et il fait si beau aujourd'hui, si on en profitait pour pique-niquer dans le parc du Golden Gate ?

— Bonne idée, s'exclama Phoebe. (Elle adorait pique-niquer, mais un détail la tracassait.) Évidemment, tu nous aurais vues davantage si tu n'avais pas passé ton temps à embrasser les inconnus au *Quake* !

— Je ne les ai pas tous embrassés, dit-elle avec désinvolture. Seulement ceux qui étaient mignons !

Phoebe remarqua l'air consterné de Piper ; elle était sûre que sa sœur avait la même pensée qu'elle. *Est-ce bien notre Prue qui s'exprime ainsi ?*

Piper admirait le ciel clair et bleu de cet après-midi-là, à travers la fenêtre de la cuisine. C'était une chaude et délicieuse journée de janvier, une merveilleuse façon de commencer l'année. La suggestion de Prue d'aller pique-niquer dans le parc du Golden Gate était bienvenue.

Prue et Phoebe discutaient en préparant les sandwiches, mais leur conversation ne l'intéressait pas. Elle remuait d'un air absent la bouteille de limonade qu'elles avaient prévu d'emporter, l'esprit occupé par Jake.

Comme cela avait été agréable de parler et de danser avec lui, et tout simplement de le dévorer des yeux. Si seulement Billy ne les avait pas dérangés quand il s'apprêtait à l'embrasser, la soirée aurait été parfaite !

Enfin, Jake l'avait conviée à la première d'un film réalisé à San Francisco dont il avait fait les décors.

Elle se dit que la tenue en soie mauve qu'elle venait de commander par correspondance serait parfaite pour la première. Elle ressemblait à celle que les stars portaient lors des premières à Hollywood. *Cela conviendra-t-il pour San Francisco ?* se demanda-t-elle. *Il faudra bien...*

La sonnerie du téléphone la tira de ses pensées.

— Allô ?

— Bonne et heureuse année, Piper ! déclara Robert. Comment ça va ?

— Ça va très bien !

Tout sourires, elle s'appuya contre le comptoir, leva les sourcils pour interroger Prue en désignant le téléphone tout en murmurant : « Robert ! »

— Est-ce que Prue est là ? demanda-t-il.

Prue secoua la tête avec véhémence et agita les mains dans tous les sens. Piper ne comprenait pas la réaction de sa sœur, mais elle s'en fit l'alliée :

— Je suis désolée, Robert, mais elle n'est pas là.

— Pourras-tu lui dire que j'ai appelé ?

— Bien sûr.

Elle lui souhaita une bonne année et raccrocha.

— C'est quoi ton problème, Prue ? l'interpella Phoebe. J'ai discuté une heure entière avec lui hier soir. Il est sympa et attentionné, bourré d'humour et plein d'élégance.

— J'ai la tête ailleurs, c'est tout ! (Prue haussa les épaules.) Je prendrais bien une douche avant d'aller au parc !

Piper et Phoebe échangèrent un regard déconcerté. De temps en temps leur sœur si raisonnable devenait complètement insensée !

Le téléphone sonna de nouveau. Piper s'empara du combiné.

— Oui ?

— Bonjour, Claire — de chez Buckland — à l'appareil. Passez-moi Prue. Elle est là ? Elle va bien ? Il faut que je lui parle. Vite !

Il y avait comme une pointe d'hystérie dans la voix de la femme.

— Une minute. Je l'appelle.

Elle passa l'appareil à Prue et recula en voyant sa sœur lui faire les gros yeux.

— Du calme, Claire, je vais bien.

— Qu'est-ce qui se passe ? murmura Phoebe à l'oreille de Piper.

— C'est la patronne de Prue, répondit Piper. On dirait qu'elle fait une dépression nerveuse !

Piper entendit sa sœur rassurer Claire : « J'y serai, ne vous inquiétez pas ! » et elle raccrocha.

— Qu'est-ce qui lui arrive ? demanda-t-elle. Elle avait vraiment l'air bizarre.

— Un gros client doit nous rendre visite. Je suis chargée d'organiser la réunion. Claire voulait être sûre que je serai là demain.

— Pourquoi n'y serais-tu pas ? interrogea Piper.

— Quelques invités ont été pris d'un malaise violent à la soirée de Claiborne, leur expliqua Prue, on ne sait pas quelle en est la cause. Les symptômes sont graves et extrêmement violents. Ils sont tous hospitalisés.

Prue observait Piper lancer le frisbee à Phoebe. Le pique-nique avait été parfait, elles avaient paressé à souhait. Elles s'étaient régalées, le temps était idéal et elles avaient évoqué des souvenirs qu'elles pensaient avoir complètement oubliés ! Par exemple, de leur professeur d'histoire au collège qui était dyslexique et qui avait réussi à les convaincre que la guerre de Sécession avait eu lieu en 1680 ! Ou de Phoebe qui avait séché les cours à douze ans pour aller demander un autographe à un chanteur dont le concert avait finalement été annulé ! Et aussi de Ted, l'ours en peluche de Prue, grâce auquel elle avait gagné un abonnement gratuit à un magazine !

— Et pendant des années, sourit Prue, j'ai reçu des magazines de golf adressés à M. Ted Halliwell !

— Je m'en souviens ! Et est-ce qu'il n'avait pas reçu une petite boîte de balles et des chaussures de golf? J'étais persuadée qu'il allait participer à un tournoi...

Prue sourit à l'évocation de tous ces bons moments. *On devrait passer plus de temps ensemble. Ce sera ma bonne résolution pour la nouvelle année, voir davantage mes sœurs,* se promit-elle.

Le frisbee monta vers elle, obliqua et arriva haut au-dessus de sa tête.

Prue sauta pour l'attraper, mais il lui échappa. Elle s'étala sur la pelouse, puis elle se redressa en plantant ses mains sur ses hanches.

— Tu me prends pour qui ? Michael Jordan ? cria-t-elle à Piper.

— Dépêche-toi ! Rapporte-le, Prue ! hurla Phoebe.

Prue lui fit les gros yeux et courut après le frisbee. Il avait atterri près d'une allée où des types faisaient du skateboard. Elle freina sa course et les observa, fascinée par leur adresse. L'un d'eux était particulièrement doué. Il s'élança pour sauter, fit un tour sur lui-même et retomba au sol en un atterrissage parfait.

Elle n'avait jamais été attirée par le skateboard, mais par ce type, si ! Il sourit à belles dents quand il vit que Prue le regardait, et il enchaîna une série de tours et de sauts incroyables. Elle comprit que ce spectacle s'adressait à elle et se sentit flattée. D'habitude, ce genre de manifestation intempestive l'agaçait prodigieusement. Cette fois, elle était comme hypnotisée. Elle sentit son corps devenir incandescent et ses lèvres se mirent à picoter. Le désir d'un baiser montait en elle.

Le jeune homme avait terminé sa démonstration. Prue applaudit. Il appuya d'un pied sur son skateboard et le récupéra avec adresse. Il s'approcha alors nonchalamment de Prue.

— Salut, ça va ? lança-t-il avec désinvolture.

— À toi de me le dire, jeta-t-elle d'une voix basse et gutturale, tout en emprisonnant son visage entre ses mains pour l'embrasser avec fougue.

Elle entendit à peine Phoebe l'interpeller, visiblement choquée.

Calme-toi. Il est inoffensif, songea Prue.

Elle se détacha du gars au skateboard et eut un choc quand elle jeta un coup d'œil à son visage. Un nuage de brume se forma devant ses yeux, exactement comme la veille quand elle avait embrassé les autres !

Elle recula d'effroi en voyant la peau du jeune homme se rider et se tendre au niveau des pommettes. Ses joues se creusèrent tant qu'elle vit se dessiner sa mâchoire. Ses lèvres se rétractèrent en révélant les gencives. Il gémit tandis que sa langue noircie pendait hors de sa bouche.

Prue recula encore, les yeux clos. *Que se passe-t-il ?* se demanda-t-elle. *Pourquoi ces visions ?*

Elle rouvrit les yeux, soulagée de voir que le skateboarder avait retrouvé le sourire et paraissait en pleine santé — tout à fait adorable ! Elle s'approcha pour l'embrasser encore.

Cette fois, elle entendit Phoebe et Piper s'écrier en chœur :

— Prue !

C'est quoi, leur problème ? pensa-t-elle, furieuse.

Elle se pencha un peu en arrière. De nouveau, la fumée. Le visage pâle et émacié du garçon était pire qu'auparavant. Ses lèvres plus sombres et couvertes de cloques. La puanteur de sa peau en train de rôtir lui monta aux narines. Sa peau et ses muscles desséchés se détachaient de son front, de ses joues et de son nez en lambeaux ensanglantés, qui les uns après les autres révélaient son ossature. Pour finir, ses os se mirent à s'effriter et à voler au vent comme des grains de sable dans le désert.

Prue se recula pour fuir, cherchant sa respiration. Elle venait d'être frappée par une terrifiante révélation. *J'ai embrassé la Mort !*

Dans la même collection

Charmed

1. Le Pouvoir des Trois
2. Le baiser des ténèbres
3. Le sortilège écarlate
4. Quand le passé revient
5. Rituel vaudou
6. Menaces de mort
7. Le violon ensorcelé
8. Le secret des druides
9. La fiancée de Nikos
10. La statuette maléfique
11. La sorcière perdue
12. La ceinture sacrée
13. Le jardin du Mal
14. Démons sur le Net
15. Mauvaises fréquentations
16. L'ombre du sphinx
17. L'enlèvement des sorciers
18. Étranges nuées
19. Le reflet du miroir
20. Entre deux mondes
21. Trahisons et conséquences

Composition : Francisco *Compo*
61290 Longny-au-Perche

Impression réalisée sur Presse Offset par

BRODARD & TAUPIN

GROUPE CPI

La Flèche (Sarthe), le 30-11-2006
N° d'impression : 38149

Dépôt légal : mars 2002

Suite du premier tirage : décembre 2006

Imprimé en France

POCKET jeunesse

12, avenue d'Italie

75627 PARIS Cedex 13